JN086759

VICTORY NOVELS

戦闘制空母艦「帝龍」

❶巨大制空母艦の初陣！

原 俊雄

電波社

この作品はフィクションであり、登場する国家、団体、人物などは、
現実の国家、団体、人物とは一切関係ありません。

もくじ

戦闘制空母艦「帝龍」(1)
巨大制空母艦の初陣！

第一章　大和型戦艦の呪縛……5
第二章　改・マル四建艦計画……30
第三章　新機軸〝制空母艦〟……43
第四章　連合艦隊新司令部……74
第五章　東京空襲と「帝龍」……85
第六章　ＵＳＳ「ＣＶ７」参戦……105
第七章　南太平洋に潜む罠……139
第八章　ソロモン海の激闘！……160
巻末資料……218

第一章　大和型戦艦の呪縛

1

だれから頼まれたわけでもないが、軍令部で情報参謀を務める大井篤少佐は、今〝ある数字〟と懸命に格闘していた。

——軍縮条約を先に破棄したのは日本だ。主力艦の建造で今しばらくはわがほうが先行しているが、桁違いの生産力を誇る米国にいずれ追い付かれるぞ！

大和型戦艦二隻はすでに起工されていた。建艦競争で現状ではまちがいなく日本が先行しているが、米国もいよいよ重い腰を上げ、空母や戦艦の建造に拍車を掛け始めていた。

大井が所属する第三部・第八課の担当は〝英国および欧州に関する情報〟なので、米国の主力艦建造数字を追い掛けるのはかれ本来の仕事ではない。そうはいっても、海軍の仮想敵国はあくまで米国だし、大井は在米武官として長らく彼の国で勤務していた。米国の事情に人一倍くわしい大井は、いつ〝米海軍に追い付かれるのか⁉〟と気が気でなかった。

いや、追い抜かれるのは時間の問題だが、先行した帝国海軍が対米〝七割〟の兵力を保てるのはいったい〝いつ？〟までなのか、そのこと自体がじつに〝重大な意味〟を孕んでいた。

――強硬派がいよいよ〝勝てぬ戦〟に訴えるとすれば、それは日本の比率が頂点（対米七割）に達した〝そのとき〟にちがいない！

米国に戦争を仕掛けて本気で〝勝てる〟と考えている者はおそらくだれもいないだろう。だが強硬派の連中は、ドイツと同盟を結べば〝米国を黙らせることができる！〟と信じている。

大井の直接の上司である、第八課長の西田正雄（にしだまさお）大佐もそのうちの一人だった。

「貴様（大井）はことあるごとに〝ドイツに接近すべきでない！〟と言い張るが、米国民の多くが戦争を嫌っている。だから米国との戦争を避けるためにも、ここでドイツと手を結んでおくほうが得策なんだ！」

たしかに、アメリカ国民の多くは欧州の戦争に巻き込まれることを嫌っていた。

しかし大井自身は、ドイツと同盟を結ぶようなことがあれば、それこそ〝米・英との対立が決定的になる！〟と考えており、西田大佐とたびたび口論になっていた。

課長の西田も強情だが、大井もまるでゆずらず決して自説を枉（ま）げようとしない。二人が立ち上がって机を叩きながら口論を止めないので、補佐役の吉田俊雄（よしだとしお）大尉が見かねて、あいだに割って入るほどだった。

いや、西田大佐だけではない。課長以下の軍令部員の多くがもはや反英・親独に傾いており、なおも抵抗を続けているのは、第二部・第四課長の橋本象造（はしもとしょうぞう）大佐と大井のおよそ二人だけだった。まさに四面楚歌だが、軍令部次長の古賀峯一（こがみねいち）中将はドイツとの同盟に反対で、橋本と大井にはそれが唯一の救いとなっていた。

　ところが大井は、頼みの綱であるはずの古賀中将から不意に呼び出しを受け、お灸をすえられてしまった。

　それは大井が、日本の主力艦保有率が最高潮に達するのは〝昭和一六年末ごろだ！〟と気づいた直後、昭和一三年四月二六日のことだった。

　古賀は大井の前にポンと書類を投げ出し、いきなり問い掛けた。

「きみ、これ何か知っているか？」

「……はい。軍令部服務規定です」

「きみは西田課長に盾突いて議論ばかり吹きかけているそうだが、それに何と書いてあるか、ちょっと読んでみたまえ」

　大井は〝なにか変だな〟と思いつつも、言われるがままに読み上げるしかなかった。

「部員は課長の命を承け……」

　大井は読み進めながら次長の顔色をうかがっていたが、機嫌は悪くなさそうである。古賀中将には以前にも使えたことがあるのでその考えはよくわかっているし、どうにもおかしい。

　もうすこし課長の言うことを聞いたらどうだとたしなめられているようだが、西田大佐の言い分を聞くとなるとドイツとの同盟に賛成しなければならない。が、古賀中将が日独同盟を望んでいるはずもなかった。

　読み終える前に大井は、昨年の一一月に「大本営条令」というものが出されていたことを思い出し、それに即して言い訳した。条令では、課長にも部員にも対等な発言権が認められていた。

「服務規定にはこう書いてありますが、私が西田課長とやり合うのは、大本営参謀としてやり合っております」

するとと古賀は、にやりと笑った。

「……うまいことを言うね」

続けて〝ふと〟思い出したようにして、古賀はあらためて訊いた。

「ところで、きみ、どうだい。最近の課長会議の様子は？」

同じ課で課長と同意見、右へならえの者は課長会議に出なくてよいことになっている。大井は少佐の部員だが、課長と意見が正反対、いわば参考意見の持ち主として毎回、会議に列席させられていた。

「橋本四課長以外、大勢はもはやドイツとの同盟賛成に傾いております」

そう答えて大井は自室へ戻ったが、その二日後にはおかしなことに、今度は大臣から呼び出しを受けた。

「大臣が、英国の『ホワイト・ペーパー』と『ブルー・ブック』はどうちがうのか、説明を聞きたいと言われるので、資料をととのえて米内（よない）さんの部屋へ行ってくれないか」

副官がそう伝えてきたのだが、大井はまたしても〝変だな？〟と思った。

ホワイト・ペーパー（白書）は英国政府が特定の問題の調査結果とその対策を報告する文書、ブルー・ブック（青書）は英国議会・枢密院の公式報告書だが、勉強家の米内光政（みつまさ）大将がそれぐらいのことを知らないはずはない。

――これはよほどくわしい説明を求められるのかもしれない……。

そう思い、大井は出来るかぎりの文献に眼を通して準備していたが、やはり呼び出された本当の用事はそんなことではなかった。

2

「それでは今日、閣議から帰られたあと、大臣の手があくから願います」

副官にそう言われて大井が資料を抱えて大臣室へ出向いてみると、米内大将はあいにく電話中だった。薄暗い執務室で机のわきに突っ立ったまま受話器を握ってだれかと話している。が、大臣の表情はいつになく険しく、声もきびしい。

入るわけにもいかず、大井は立ち聞きの格好で待っていた。言葉のはしばしから電話の相手は広田（弘毅）外相とわかった。閣議での決定事項を杉山（元）陸相がまたもやひっくり返した、いったいどうするつもりか——。抑えに抑えた憤懣を吐き出しているような口ぶりだ。

ようやく話が済んで受話器を置こうとするのが見えたが、米内大将の手は震えており、それがちゃんとかからない。卓上電話がガチャリガチャリ何度もいやな音を立てた。

これほど激高している米内大将を見るのははじめてで、大井は異様な感じを受けたが、ともかく一礼して机の前へ進み出た。

「……ホワイト・ペーパーとブルー・ブックのちがいについて申し上げます」

そう前置きして大井はおもむろに説明を始めたが、米内大将は「うん。……そうか。ふむ」と気のないつぶやきを返すばかりで、ほとんど聞いていない。

が、そのうち、ようやく興奮がおさまってきたようで、米内は不意に、まるで関係のない質問を大井にぶつけた。

「ところできみ、どうかね。……近ごろ軍令部の課長会議でだれがどんなことを言っているか、すこし話してみたまえ」

大井はこれを聞いてやっとわかった。

――ははあ、なるほど、これが本題か……。

杉山陸相に対する腹立ちもさることながら、白書青書の説明など、はじめから聞く気がなかったのにちがいない。

大井は、今の海軍の佐官クラスでは少々異端児だ。海軍の伝統的・対米戦略「漸減邀撃作戦」をことごとに論駁し、軍令部でも〝生意気だ！〟と煙たがられていた。

日本は農業国だから自分の生まれついた邑や組織にくっついておれば食いはぐれはないが、自分が住む邑とその〝そと〟の間に線を引き、自分の周りには〝うち〟の関係を作ろうとする。

うちの人、うちの関係の人とはたがいに通じてなれ合い、よそ者はなかなかなかへ入れようとはしない。その関係を〝うち〟からくずそうとする大井篤などは邑の厄介者でしかなかった。

外来者・よそ者には冷たく、病院などでも看護婦さん一人を知っておれば、さっと行ってすぐに診てもらえるが、外来患者には不親切で二時間も三時間も平気で待たせるのだ。

ましてや軍令部は、特権意識を持つ秀才官僚の集まりで、その伝統的な考えである戦艦至上主義や漸減邀撃作戦などは暗黙の了解事項。軍令部に入ると、大方の者がこれに従い、みずからの目と耳を閉ざして前例踏襲主義に邁進してゆくことになる。また〝米英なにするものぞ！〟といった強がりが通りやすく、みなが楠木正成にでもなったような気分で強硬論が幅を利かせてゆく。

日本人ならこうした邑の掟に従うのが一般的だし、せっかく軍令部の一員となって〝うち〟に入ったからには、たとえ航空主兵論者でも、信念を枉げて大艦巨砲主義にへつらい、おとなしくしておいたほうが食いはぐれがない。

だれしも階段は順調に昇りたいものだが、道をはずそうとしている組織にこびへつらっていたのでは真の愛国とはいえず、軍令部に体質の合わない大井は、課長会議での様子を率直に米内大将に報告した。

「だれも米国の本当の恐ろしさをわかっておりません！　唯一わかっておられるのは橋本四課長ぐらいのもので、小川五課長もうちの課長もまるで聞く耳を持たず、すっかりドイツになびいております！」

米内は黙ってうなずき、聞いていた。

軍令部配置／昭和一三年四月二八日現在
総長／伏見宮博恭王　次長／古賀峯一中将34
第一部長（作戦）近藤信竹中将35
・第一課長（作戦、編制）草鹿龍之介大佐41
・第二課長（教育、演習）中沢佑大佐43
第二部長（軍備）三川軍一少将38
・第三課長（軍備、兵器）松崎彰大佐43
・第四課長（出動、動員）橋本象造大佐43
第三部長（情報）阿部勝雄大佐40
・第五課長（米国・米州）小川寛爾大佐43
・第六課長（中国・亜州）伊藤賢三大佐41
・第七課長（ソ連・欧州）山田定義大佐42
・第八課長（英国・欧州）西田正雄大佐44
※人名後の数字は海兵卒業年次

しかし大井がすべて言い終わると、米内は大井にすっかり関心を持ち、その労をねぎらうようにして言った。

「うむ、参考になった。せっかくだからほかにもあれば、なんでも言ってみたまえ」

大臣と直接、話せる機会などめったにない。それでは、ということで、大井はみずからの考えを遠慮なく吐露した。

「……一号艦（大和）、二号艦（武蔵）はしかたないとしましても、軍令部の案では懲りずにマル四計画でも、その三、四番艦を建造することになっております。戦艦の造り合いでは到底、米国に勝てません。わが海軍は早々に戦艦至上主義に見切りを付け、航空軍備の拡充で米国に対抗すべきです。私は戦艦の建造を一切やめて空母を一隻でも多く造るべきと考えます！」

通称マル四計画と呼ばれる「第四次海軍充実計画」では大和型戦艦二隻（三、四番艦）と大鳳型空母一隻が建造される予定で、この計画はもはやほとんど決まりかけていた。

最終決定が下されるのは七月だが、計画を立案したのはほかならぬ軍令部であり、その一員であるはずの大井が、こうして米内に不服をとなえるのは、本来はまったくの筋違いである。

それはそうだが、じつは、米内自身も前々からこの建造案には疑問を感じていた。このとき軍事参議官には米内と海兵同期の高橋三吉大将と藤田尚徳大将がいまだ現役としてとどまっており、とくに高橋三吉は大和型戦艦の建造に大反対で、米内は高橋からたびたび、巨大戦艦の建造は〝もういい加減やめにしたらどうだ〟との忠告を受けていた。

高橋三吉は、海軍航空〝生みの親〟ともいわれる山本英輔大将が連合艦隊司令長官を務めていた昭和四年当時に、その下で第一航空戦隊司令官を務めており、それを契機にずいぶん航空に対する造詣を深めていた。

山本英輔が昭和一一年に現役を退いたあとも二人の親交は続いており、高橋三吉は山本英輔から興味深い話を聞かされていた。

「オヤジ（山本権兵衛大将のこと）は散歩のついでによく家（英輔宅）へ寄るが、オヤジがこれからの艦隊主力は、戦艦と巡洋戦艦のかわりに〝航空母艦と巡洋戦艦の連合に改めるべきだが、いまの若い者にはどうも踏ん切りがつかんようじゃ……〟とぼやいておる」

山本権兵衛はいわずと知れた帝国海軍のオーナーで、山本英輔はその甥に当たる。

山本英輔からこのように聞かされていた高橋三吉は、米内光政にもそれとなく権兵衛大将の真意が〝空母兵力の拡充にある〟というむねを伝えており、それに触発されて米内も巨大戦艦の建造には疑問を感じていたのだった。

――やはりマル四計画では空母をたくさん造るべきではないか……。

米内自身はそう思っていたが、いくら海軍大臣といえども、明治時代とはちがって独断で空母をそろえるわけにもいかない。昭和の海軍では、建艦計画は軍令部が立案し、海軍大臣と商議の上で決定することになっていた。

そしてなにより、海軍省側で軍備計画を担当する軍務局長の井上成美は、海軍次官の山本五十六とよくよく相談した上で、軍令部案を容認しようとしていた。

――山本と井上が相談して決定しようとしているものを、私が勝手に変えるようなことは断じてできない！

二人は米内自身の〝両腕〟といってよく、政治以外の大抵のことは山本と井上に任せている。その二人が軍令部のマル四計画案を容認しようとしているのには必ず〝それなりの理由〟があるはずで、米内は、大井に対してヒントをあたえてやるにとどめた。

「軍令部内が戦艦至上主義で凝り固まっているのは、なるほど、きみの言うとおりだろう。しかしどのような建艦をやろうが米国と戦争をせぬのが一番で、対米戦を避けることさえできれば、主力艦の数などはそう大きな問題ではない。……だからこそ、こうしてドイツへの接近を避けよう、としているのだ……」

「それはわかります。ですが、わがほうの比率が頂点に達するのは、私の研究では〝昭和一六年末ごろ〟で三年以上も先のことです。……それまで米内さん、あなたに海軍省でがんばってもらえるという保証は、残念ながらないはずです」

大井が発したこの言葉を聞いて、米内はよほど腑に落ちるものがあったにちがいなく、大井に対して精いっぱいのヒントをあたえてやることにしたのである。

「ああ、それはきみの言うとおりだろう。……よし、わかった！　どうしても巨大戦艦の建造をやめさせたいというのであれば、まずは軍務局へ行き、井上と話し合ってみるのがよかろう。井上には〝きみが行く〟と、伝えておいてやる」

米内のこの配慮により、帝国海軍の建艦計画が大きく変わることになるのであった。

3

米内大将の承諾を得て大井が井上成美少将のもとを訪れたのは、そのまた二日後・四月三〇日のことだった。

大井篤が井上少将と直接言葉を交わすのはこれがはじめてのことだが、じつは、海軍省の食堂へ昼を食べにゆく井上少将が、いかにも〝ここが凝ってたまらない……〟という風に、首をぐるぐる廻し肩をもみながら歩いている姿を、大井はよく見かけていた。

大井は、海兵同期（五一期卒業）の花岡雄二から「貴様と井上艦長はきっとウマが合うぞ！」と聞かされていたので、それ以来〝井上成美〟という人のことが気になっていた。井上が大佐として戦艦「比叡」の艦長を務めていた当時の話であるが、ほかにも逸話がある。

大井篤がもうひとつ感心したのは井上の書き残した戦略メモだった。昭和一〇年当時、海軍大学校では「嶋田戦略」といって、嶋田繁太郎中将が中佐時代に海大教官として作成した赤本が、戦略戦術に関するほとんど唯一の参考書になっていたが、それを読んでみると「モルトケ曰く、クラウゼヴィッツ曰く、マハン曰く……」といった調子で、古い海外の軍書からの断片的な引用ばかりであり、なぜ〝そうあらねばならぬのか〟という基本思想がまるで示されていなかった。疑問を感じた大井が、教官だった近藤泰一郎大佐（海兵四二期卒業）に「こんなものしか無いのですか？」と不平を言うと、近藤が〝井上メモ〟を見つけ出してくれたのだ。

海軍罫紙四、五枚の薄っぺらい覚書だが、そこには偵察索敵の重視、広くは情報優先の思想がはっきりと説かれており、大井はそれを見てはじめてうなずけるものがあった。

――すべての予断と身勝手な前提を排して、敵を知り己を知り彼我の差を知れ。戦場においても戦略場面においてもこれを最も大事にしなくてはならない、というのが井上さんの考えだな……。

大いに感化を受けた大井は、基本的なものの考え方が、井上さんと私はたしかに〝似ているかもしれない〟と思い始めていた。

そして大井は、今、井上の前へ進み出て、単刀直入にみずからの思いをぶつけてみた。

「マル三計画で建造中の戦艦二隻をマル四計画でも建造するというのは、時代錯誤もはなはだしいのではありませんか？」

「きみ、いきなり言うね……。まったくそのとおりだが、軍務局としては、軍令部の出してきた計画案に沿いつつ検討をすすめるのがスジだ。時代錯誤の軍備にちがいないが、これでも一度は差しもどして改善をみたのだよ」

井上の言うとおりだった。

井上は、航空本部長を兼務している海軍次官の山本五十六中将ともよく相談して、基地航空隊の増勢を軍令部に認めさせていた。その結果、マル四計画では巡洋艦の建造数を減らすなどして、航空隊整備のための予算を全体のおよそ二五パーセントまで引き上げることに成功していた。

軍令部も補助兵力としての航空の重要性はさすがに認めるようになっていたのだが、戦艦の建造がいまだ計画の中心に据えられており、大井にはそのことがどうしても気に入らない。

「大陸（中国）での戦いをご覧ください。航空主兵の時代が到来したのはもはやあきらかで、悠長に戦艦など造っている場合ではございません。今後〝三年間〟が勝負となります。それまでに出来るだけ空母を造り、来たるべき対米戦にそなえておくべきです！」

軍用機はますます進化するのにちがいなく、日露戦争当時のように戦艦同士の撃ち合いで戦争に片が付くと考えるのは、もはや幻想にすぎなかった。井上自身、今後は〝海軍を空軍化してゆくべきだ〟と考え始めており、その考えは次官の山本五十六中将も同じであった。

建艦計画の中心に〝空母を据えるべき！〟との大井の意見はまったくそのとおりで、硬直化した軍令部の建艦計画には、井上も山本も、ほとほと手を焼いていた。

マル四計画で新造が予定されている空母は、なんと大鳳型一隻のみ。できることなら軍令部自体を叩きつぶしたいところだが、さすがに山本と井上はただでは転ばず、空母不足をおぎなうための秘策をきっちりとひねり出していた。

「まったく同感だが、私と山本さんは、いざ、というときのために商船や貨客船を空母に改造してその不足をおぎなおうとしている。速度では正式空母に劣るが、小型のものが三隻、それに排水量二万五〇〇〇トン程度の大型のものも二隻ほど空母予備艦として確保してある。新造空母の不足はそれでおぎなえるはずだ」

井上が説明したのは「大型優秀船舶建造助成施設」のことで、とくに大型の二隻はのちに準一線級の空母「飛鷹（ひよう）」「隼鷹（じゅんよう）」として竣工し、帝国海軍機動部隊の一翼を担うことになる。

計画はすでに進行中で大井もさすがにそのことは知らなかったが、井上が胸を張って説明するのも当然で、軍令部でマル四計画の立案を担当していた第二部・第三課長の松崎彰大佐は、海軍省側がひねり出したこの策に、手ばなしでよろこんでいたのだった。

「それは初耳ですが、それら大型客船改造の空母二隻は、いったいどれほどの速力を発揮できるのですか？」

首をひねりながら大井がそう訊き返すと、井上は自信を持って断言した。

「最低でも、二五ノット以上の最大速度は出せるようにする！」

二五ノット以上を出せるならまずまずだが、だからといって巨大戦艦二隻を建造してもよい、ということにはならない。

この時期、米海軍はエセックス級空母の建造を決め、立て続けに「第三次ヴィンソン計画」「スターク計画」の策定に乗り出してエセックス級空母の増産を図ろうとしていた。さらに米陸軍は、B17爆撃機の実戦配備をすでに開始しており、B29爆撃機の開発にも着手していた。

米軍も空母や航空の重要性にはもはや気づいており、伝統的な戦争計画「オレンジ・プラン」を見なおして、対日戦は〝太平洋での島嶼（とうしょ）基地の奪い合いになる〟と予想。艦隊決戦構想に見切りを付けて航空基地を推進、日本本土に〝戦略爆撃を仕掛ける〟という戦略を練り始めていた。

むろん生産力に余裕のある米軍は、同時に戦艦の建造も進めており、艦隊決戦に応じるだけの兵力もそろえつつあるが、大戦略は島伝いの進軍による戦略爆撃に転換しようとしていた。

四発重爆撃機の基地を中部太平洋へ推進し、最後は〝日本本土を焼け野原にしてやろう〟というのだが、これこそが近代総力戦にふさわしい大戦略であり、それに比べて帝国海軍・軍令部の「漸減邀撃作戦」などは、単に〝敵の艦隊兵力を減殺したい！〟という願望だけにもとづいた戦術論にすぎず、国を挙げての総力戦に適合した戦略とはとてもいえない代物だった。

「それら改造空母二隻は、なるほど、大いに役立つでしょうが、軍令部は『日本海海戦』での成功体験をいまだにひきずっております。……『漸減邀撃作戦』などは戦略でもなんでもなく、もはや時代錯誤の幻想でしかない。本気で米国を倒そうとするにはまず、最低でもハワイを占領するぐらいのことを考えなければ、本当の戦略とはいえないはずです！」

「ああ、そのとおりだ……」

「ハワイを占領するには空母です。戦艦ではオアフ島へ近づくことさえできない。むろん損害覚悟で突っ込めば、敵飛行場に砲弾をぶち込むぐらいのことは可能でしょうが、こちらも大損害をこうむってとても成算が立たず、そんなものはまともな作戦とはいえません！　大量の空母をそろえてこそ、ハワイの占領がようやく現実味を帯びてくるのです。……ここは思い切って建艦計画の大転換をはかり、戦艦の建造を一切やめて、少しでも多くの空母を造るべきです！」

正論にちがいないが、井上はしずかに首を横にふった。

「ハワイを占領して米国に勝てるかね？」

すると大井は、歯を食いしばって、即座に言い返した。

「失礼ながら局長、それはちがいます。まずハワイを占領しなければ、対米戦に勝ち目はないのです！　対米戦勝利の可能性を信じて、すこしでもまともな軍備をおこなうのがわれわれ軍人の務めではないでしょうか？」

「それはそうだが、最も重要なことは、勝ち目のない戦争をせぬことだ！」

「しかし、それは政治の役目、われわれ軍人の役目ではありません！」

「いや、ちがう。海軍大臣は政治にも責任を負っている。大臣を補佐するのは、われわれの大切な任務のひとつである！　ナチス・ドイツへの接近を避け、米国との関係をこれ以上悪化させなければ、勝ち目のない戦争は避けられる！」

井上は、大井の考えを米内大将からそれとなく聞いており、その良心に訴えかけた。

井上と大井はもちろん親英・反独の考えで一致していたが、軍令部内で四面楚歌におちいっていた大井はすでに、対米戦はもはや〝避け難いのではないか！〟と自問し始めていた。

「……ならばお尋ねしますが、井上さん、あなたは〝三年後〟も海軍省にとどまり続け、わが海軍が道をまちがえぬよう、なおも舵取り役を続けてくださいますか？」

するとと井上は、吐き捨てるようにして言った。

「そんなもの、来月にでも軍務局をクビになってるよ！　きみは私をからかうのかね？」

「いえ、そんなつもりは毛頭ありません。ですが軍令部はもはや大多数の者が、海軍省でも課長以下の多くの者がすっかりドイツになびいております。……〝三年後〟には勝ち目のない戦が始まると考えて軍備をととのえておくべきです」

じつに由々しきことだが、みながドイツになびいているというのはまさにそのとおりで、井上もこれを否定することができない。井上はつぶやくように返した。

「きみはあたかも〝三年後〟に対米戦となることを知っているかのような口ぶりだが、軍令部ではなにかそのようなうごきでもあるのかね？」

井上は皮肉たっぷりにそう返したが、もちろん軍令部にそのようなうごきはまだなかった。

するとと大井は身を乗り出し、井上に対してじつに思い切った質問をぶつけた。

「さらに関係が悪化して、米国との戦争が避けられないとなれば、局長ならいつ、開戦に踏み切りますか？」

「……そんな仮定の話には答えられない。対米戦は是が非でも避けるのだ！」

「それはもちろんそうです。ですが、仮にどうしても〝対米戦が避けられない！〟となれば、私なら〝昭和一六年末〟を区切りとして、開戦に踏み切ります！」

昭和一六年末というと、今からおよそ三年七ヵ月後のことになるが、井上には、すぐには大井の真意がわからず、口を閉じていた。

それを見て、大井が続ける。

「昭和一六年末ごろにはマル三計画で建造中のわが空母（翔鶴、瑞鶴）が二隻とも完成し、第一号艦（大和）もおそらく竣工しているのではないでしょうか……」

ここまで聞くと、さすがにピンときて、井上は思わずうなり声を上げた。

「うむ……。なるほど」

大井がかまわず続ける。

「条約破棄後の建艦競争でわがほうはしばらく先行しておりますが、昭和一七年夏ごろには比率が六割五分程度にまで追い付かれ、昭和一八年に入ると、それが六割にまで落ち込み、それ以降は加速度的に差が開いて米海軍に水を開けられる一方です。清水の舞台から飛び降りて米国に戦争を仕掛けるとすれば、対米七割以上の比率を確保している〝昭和一六年末〟ごろに暴発の危険性が最も高まるのではないでしょうか……。私が三年後にこだわるのはそのためです！」

これまでの大きな流れをみると、日本は昭和九年に海軍軍縮条約を破棄し、昭和一一年にドイツと防共協定を結び、昭和一二年には中国との戦争に突入して、米国との関係は悪化の一途をたどっている。これ以上の関係悪化を防ぐためにもドイツとの軍事同盟は是が非でも避けなければならないが、頼みの米内大将が三年後まで海軍の中枢でがんばってくれているとはかぎらず、井上も、米国と戦争になるようなことは〝絶対にない！〟とは言い切れなかった。だとすれば、大井の指摘はもっともであながち取り越し苦労とはいえず、いざ、というときのために、ここで可能なかぎりの対策を講じておくべきだった。

大井がなおも続ける。

「万一、対米戦ということになれば、マル四計画で建造し始めた主力艦が、戦争の重大局面で竣工し、その後の勝敗に大きくかかわってくるはずです。……ですから、絶対に悔いのない建艦をやるべきで、これ以上、戦艦を造っているような場合ではございません！　巨大戦艦の建造には四年も掛かるのです。それが空母なら相当に大きなヤツでも三年ほどで造れます」

大井の言うとおりだった。

対米強硬派が実際に〝最後のボタン〟を押すとすれば、それは〝昭和一七年初頭か昭和一六年末ごろの可能性が最も高い〟と考えられる。むろん良識ある者は、勝ち目のない戦争を避けるためにあらゆる努力をしなければならないが、海軍軍人として〝最悪の事態にそなえて〟軍備をととのえておくべき、というのは、なるほどそのとおりにちがいなかった。

——建艦競争で米海軍に追い付かれる前に〝先制攻撃に撃って出よう〟とするのは、これはもう今の日本では生理現象のようなものだ……。満州事変しかり、日華事変しかり。ガスが充満すると必ずといってよいほど暴発している。対米戦だけは〝例外だ〟と楽観するのは、いかにも早計にちがいない！

大井から指摘を受けて、井上もよくよく考えをあらためざるをえなかった。

やはり最悪の事態にそなえるべきだが、じつはこの数日前にも、井上は航空本部・教育部長の大西瀧治郎大佐からきつい指摘を受けていた。

「世界に冠たる海軍の精神的な支えとして〝巨大戦艦が必要だ！〟というのであれば、一号艦と二号艦だけで充分じゃないですか！　なぜ、それを三隻も四隻も造る必要がありますか⁉　とにかく空母です。二隻の建造をやめれば、大型空母を三隻は造れます！」

大西大佐はえらい剣幕で軍務局へ押し寄せて来たが、これには「大型優秀船舶建造助成施設」の話を持ち出して、井上はなんとか大西をなだめていたのだった。次いで大井に対しても井上は〝同じ手でゆける〟と思っていた。

さしもの大西大佐も〝昭和一六年末ごろが最も危ない〟というようなことにはまったく気づいていなかったが、次に来た大井の、対米比率を精査した上での指摘には、あざやかなほどの説得力があった。

不覚にも蒙を啓かれた思いがした井上は、その本人を前にして、ついに口を滑らせた。

「しかし、それにしても、きみ、よくそのことに気が付いたね……」

これは紛れもない誉め言葉であり、大井は、ひそかに尊敬していた井上少将からそう声を掛けられて心底うれしかったが、努めて平静をよそおいながら応えた。

「米海軍の主力艦建造数字を何度も追い掛けているうちに、ほくそ笑むルーズベルト大統領の顔が夢にまで出て来るようになったのです」

すると井上は、いかにも感心したような表情でつぶやいた。

「ほう……、そういうものかね」

むろん大井の言葉には多分に脚色がふくまれていたが、それを承知の上で、井上のほうもにこりと笑ってみせた。

井上はこれでよりいっそう大井のことが気に入ったが、肝心の数字だけはきっちりおさえておく必要がある。

「きみをうたがうわけではないが、昭和一六年末の時点で、わがほうの比率が対米七割になるのは本当にまちがいないね？」

「はい。その時点で米海軍は二隻の新造戦艦（ワシントン、ノースカロライナ）と空母一隻（ホーネット）を竣工させているはずですが、建艦競争ではいまだわがほうが先行しております」

通常、主力艦の比率は基準排水量によって求められるが、ノースカロライナ級戦艦の排水量三万六六〇〇トンに比べて戦艦「大和」の排水量六万四〇〇〇トンは破格であり、大井は自信を持ってそう答えることができた。

そしてさらに大井が、米海軍は今後「戦艦をおよそ三年、大型空母をおよそ二年の工期で次々と完成させてくるはずです」と付け加えると、これでいよいよ井上も納得し、マル四計画の一からの見なおしを大井に約束したのであった。

4

当たり前だが、いくら軍令部といえども予算をにぎっている海軍大臣の同意がなければ、軍艦を造ることはできない。

まずは海軍省内の意思を統一するために、井上成美は翌日にはさっそく、山本五十六中将の海軍次官室へ向かった。

「ドイツとの同盟を徹底して避ければ、われわれは〝太平洋の荒波を乗り越えられる！〟と考えておりましたが、どうやらそれだけでは片手落ちのようです」

井上がそう前置きして、大井篤とのやり取りの一部始終を切実な表情で訴えると、山本五十六はたちまち眉(まゆ)をひそめ、うなり始めた。

「うむ……。そこまでは気づかなんだな……」

問題は古賀峯一だった。古賀は根っからの大艦巨砲主義者で大和型三、四番艦の建造に並々ならぬ意欲を持っている。じつのところ山本は、ドイツとの同盟を抑えるそのかわりに大和型三、四番艦の建造を認めてやろうとしていた。

これら戦艦二隻の建造をマル四計画でも認めてやれば、軍令部次長としての古賀峯一の面目が大いに立つ。それを取引材料にして古賀には、軍令部内で日独同盟のうごきをきっちり抑え込むよう協力を要請していたのだ。

「三、四番艦の建造をやめて〝空母を造る〟と言えば、古賀くんは怒るだろうな……」

あちらを立てればこちらが立たずだが、井上は山本の気持ちを察しながらも計画変更の必要性を説いた。

「三、四番艦が起工されるのは昭和一五年中頃のことでしょうが、建造には少なくとも四年は掛かります。竣工は早くても昭和一九年夏以降になりますので、大井くんが言うとおり万一、戦争に突入しておりますと、対米戦のさなかにこれを造り続けることになります」

一旦はそう言ったが、井上はみずからこの発言を取り消し、ただちに修正した。

「いや、戦争に突入すれば損傷艦の修理などにも手を取られますので、竣工は〝昭和二〇年以降にずれ込む〟とみておくべきでしょう……。しかも対米開戦が昭和一六年末ごろだとしますと、起工からすでに一年以上が経過しておりますので、二隻を解体するのも大変です」

そのとおりで、戦争の期間中ずっと、主力艦の建造が可能な、掛け替えのない最優秀の船台（もしくは船殻）二ヵ所が〝塞がれたままの状態〟となってしまうのだ。

「ふむ……」

山本が腕組みをしたまま、しきりにうなだれているので、やむをえず井上が、さらに重い口を開いた。

「昭和一九年、二〇年にもなりますと、軍用機はもはやどれほど進化しているかわかりません。戦乱のなか歯を食いしばって、なんとか二隻を完成させたとしましても、私には、到底〝使いものになる〟とは思えません！」

まったくそのとおりだが、困り果てた山本は半ばやけくそで話を振り出しにもどすようなことをつぶやいた。

「笑い話にもならんが、巨大戦艦二隻の建造は自分で自分の手足を縛るような軍備だな……。しかし要するに、米国と戦争をしなければよいということだ……」

するとと井上は、あきれ顔で返した。

「そりゃ、対米戦を避けるのが一番です。しかし米海軍は、われわれを挑発するようにして、主力艦の建造を加速させております」

「ああ、完成するころには二隻とも、いや、ちがう、四隻とも〝でくの坊〟に成り下がり、その挙げ句、対米比率は五割以下にすっかり落ち込んでいるだろうな……。しかし、五割以下ともなれば勇ましい軍令部の連中もさすがに米国との戦争をあきらめるのじゃないか……。そうなれば、災い転じて福となり、造った甲斐もある」

山本がまるで他人事のようにそうつぶやき返すと、井上は、ますますあきれ顔となって、五期も先輩のこの男をたしなめた。

「そんなのん気なことをよく言ってられますね……。愛国者を標榜してやまない連中が五割以下に落ち込むまでうごかず、辛抱しているはずがありません！　ですから口を酸っぱくして、昭和一六年の終わりごろが〝最も危ない！〟と申し上げているのです！」

幸か不幸か〝昭和一六年末〟と気づいたからには、予想されるこの〝最大の危機〟にきっちり対処しておくのが国防を担う軍人の務めであり、山本としても、それを見過ごすようなことは決してできなかった。

――マル四計画を変更するしかない！

山本が俄然、眼をほそめるや、それにすかさず気づいた井上が真剣な面持ちで問いなおした。

「どうされますか⁉」

「……どうも、こうもない」

山本はそうつぶやくと、井上の顔をぐいと見すえて言い切った。

「米内さんの力も借りて、古賀くんをなにがなんでも説得するしかあるまい！」

およそそれ以外の方法はなく、井上は、山本の言葉にちいさく何度もうなずいた。

これで二人の覚悟は決まったが、古賀峯一をうまく説得するためにも、ここは海軍省側の方針をきっちり統一しておく必要があった。

井上がソファから立ち上がろうとすると、それを制して山本が言及した。

「艦政本部長（上田宗重・機関中将）をこちら側に付けておく必要がある。（艦政本部）総務部長の岩村くんをうごかせんかね？」

艦本・総務部長の岩村清一少将は井上と同じ海兵三七期の卒業で、井上は同期のなかでは岩村のことを最も信頼していた。

海軍省側で軍艦の建造方針に口出しできるのは大臣と次官のほかには軍務局長、艦政本部長、航空本部長の三者だが、山本は、岩村の力を借りて上田をうごかし、あらかじめ艦政本部を〝味方に付けておこう〟というのであった。

同期の岩村は親英・反独だし、ほかのだれよりも気心が知れている。必ず力になってくれるにちがいなく、井上は〝お安い御用です！〟と山本に大きくうなずいてみせた。

第二章　改・マル四建艦計画

1

　井上成美から依頼を受けた岩村清一は、一系化問題（兵科、機関科の統一問題）で近く善処することを上田宗重・機関中将に伝えて、その説得に成功していた。

　機関科上がりの上田は、機関科将兵の待遇改善をなによりも望んでおり、一系化問題の解決を条件にマル四計画の変更に同意。最後は次官の山本五十六が艦政本部へ出向いて一系化問題の解決をきっちり約束すると、上田も戦争中に工期の長い戦艦を造り続ける〃そのことの不合理を〃率直に認め、空母への建造切り替えにすっかり同意したのであった。

　これで海軍省隷下の組織はマル四計画の変更で一枚岩となったが、軍令部に計画を変更させるにはどうしても、巨大戦艦二隻の建造案をまとめた当事者・第三課長の松崎彰大佐を交代させるしかなかった。

　むろん大臣の人事権を使って第三課長を代えるわけだが、やみくもに松崎大佐を更迭するわけにもゆかず、軍令部の実質的な責任者である次長の古賀峯一に対してだけは、第三課長更迭の理由をきっちりと説明し、事前に同意を得ておく必要があった。

けれども現三課長の松崎にとくに大きな落ち度があったわけでもなく、更迭の理由を説明するのはむずかしいように思われたが、こういうときの米内大将はやはり頼りになった。

山本五十六のもとめに応じて連れ立って軍令部次長室を訪れた米内光政は、古賀峯一を前にして開口一番に言った。

「あらゆる角度から真剣に検討を重ねたが、マル四計画で戦艦二隻を造っているようでは、海軍大臣として〝将来の国防に責任が持てない〟という結論に達した」

ほかでもない大臣にこうきっぱり言い切られては古賀も目をまるくし、まずはその理由を訊かざるをえなかった。

「ついこのあいだまで（話し合いは）順調でしたのに……、いったい、なぜでしょうか？」

古賀が首をひねるのも無理はないが、これには山本が応えた。

「いや、われわれは、重大な見落としをしていたことに気づいたんだ」

そう前置きして山本は、米海軍がすでに空母や戦艦の増産に乗り出していること、日本の主力艦保有率が昭和一六年の終わりごろに頂点に達すること、三、四番艦の完成が昭和二〇年ごろまで掛かりそうなこと、軍用機の進歩がいちじるしいこと、そしてなにより、対米戦となる危険性が高いことなどを懇切ていねいに説明し、その上でマル四計画で空母の増産に踏み切らなければ「もはや国防が成り立たない」と訴え、いつになく真摯な態度で古賀の理解をもとめた。

すると古賀は、山本の説明に一定の理解を示しながらも、米内のほうを見てつぶやいた。

「……しかし、ドイツとの同盟を徹底して回避すれば、対米戦はなんとか避けられるのではないでしょうか？」

そうにちがいないが、米内も、ここはいたって慎重に答えた。

「ああ、われわれも最初はそう思っていた。しかし、よく考えてみると、私や山本が〝三年後〟も大臣や次官を続けているという保証はどこにもない。いや、むしろ代わっている可能性のほうがきわめて高い。ましてや、対米戦にならぬことを前提にしてまともな軍備など出来るはずもなく、いざ、というときのためにそなえておくことこそがわれわれ軍人の務めである」

米内の言うとおりだった。

いうまでもなく、対米戦を避けることができれば、それが最も望ましい。

ところが、軍備というものは、そもそも有事にそなえておこなうべきものだから、戦争にならぬことを前提にした軍備など、本来はありえないのであった。

古賀は、依然としてそこのところを履き違えていたし、米内や山本もはじめのうちはそこのところを履き違えており、切迫感が足りなかった、といわれても仕方がなかった。

大井篤のあざやかな進言により、米内や山本や井上も、そのことに、つい最近になってはじめて気づかされたのだ。

しかし、大和型三、四番艦の建造をあきらめ切れない古賀は、なおもつぶやいた。

「対米戦となればそれこそ亡国です。勝ち目のない戦を避けることこそが、やはりわれわれの大切な務めではないでしょうか……」

するど、これには山本が返した。

「それはそうだ。しかし、軍令部はもとより海軍省でも課長級以下の多くの者がもはやドイツになびいておる。しかも宮様（博恭王）が『対米戦も辞さない』と明言しておられるのだから始末に負えない。……軍縮条約の破棄を止められず、防共協定の締結をゆるし、国際連盟からも脱退してしまい、どうひいき目にみても、日本は対米戦の方向へ向かおうとしている。じつに由々しきことだが、これらのうごきを結局われわれは止められなかった。対米戦だけは〝止められる〟と考えるのは危険で、現に宮様は米国との対決をすでに口にしておられるのだ」

伏見宮に直接仕えている古賀は、そのことをだれよりもよく承知しており、山本の言葉を決して否定することができなかった。

統帥部の長がもはや対米戦も〝辞さない！〟と明言しているのだ。血気さかんな若い海軍将校がその影響を受けないはずはなかった。

対米戦にそなえて軍備をととのえるべきというのは、なるほどそのとおりであり、そうでなければ日本の国防は成り立たない。同じ議論をこれ以上くり返しても〝もはや勝ち目はない〟と悟った古賀は、にわかに論点を変えてきた。

「しかし〝戦艦か飛行機か⁉〟の論争にいまだ決着が付いたわけではございません。戦艦二隻の建造では〝国防が成り立たない！〟と、なぜ言い切れるのでしょうか？」

するど、これにも山本が応じた。

「軍用機はこれからさらに進化する！　しかも演習などでは〝航空攻撃で戦艦を沈め得る〟ということがすでに証明されている」

「しかし、それはあくまで演習でのことで、実戦でそれが証明されたわけではありません。それに現在建造中の超弩級戦艦二隻は桁違いの防御力を誇る不沈艦です！　文字どおり、いかなる攻撃を受けようとも、そう簡単に〝沈むようなことはない！〟と断言させていただきます」

するとこんど今度は、米内がこれに応じた。

「きみ、残念ながら不沈などということはありえないよ……。極端なことを言うようだが、急所に一〇トン爆弾でも喰らえば、その超弩級戦艦だって浮いておられない。そりゃ、私や山本だって戦艦に対する思い入れはあるが、いくら戦艦の造り合いをやっても米海軍には勝てず、こちらには最後まで付き合うだけの金と資材もない。あちらがせっせと戦艦を造ってくれているあいだに、さっさと航空軍備に切り替えよう」

米内は諭すようにそう言うと、ひと呼吸おいてさらにつぶやいた。

「国が貧乏だから仕方がない。大戦艦を四隻も持つのはいかにも贅沢だし、それを建造、維持するだけでも財政や工廠に大きな負担が掛かる。ここはもう覚悟を決め、飛行機の可能性に賭けてみるしかなかろう」

ほかでもない、米内にこう諭されると、古賀も返す言葉がなかった。それを見て、山本がさらに追い討ちを掛ける。

「今すぐ空母の増産に切り替えれば、昭和二〇年までに八隻は新造できるだろう。……マル三計画で建造中の二隻と貨客船改造の二隻を数に加えると、全部で〝一二隻の空母を造れる〟ということになる。……一号艦と二号艦が出来上がれば、もう、それでいいじゃないか……」

最も信頼すべき二人からこう諭されると、古賀もさすがにうつむき加減となった。が、それでも古賀はあくまで言い返した。

「金がないとおっしゃるなら、空母の建造でも米軍に勝てっこないはずです」

するど山本が身を乗り出し、古賀に対して逆に協力を申し出た。

「それはそうだ。だからこそ軍令部にも協力してもらう必要がある」

「……どういうことでしょうか？」

古賀が思わず訊き返すと、山本は目をほそめて言った。

「わが国は戦艦を造り続けているように見せ掛けておき、実際にはひそかに空母の増産に乗り出すのだ。そのために、軍令部にもぜひとも協力してもらわねばならない」

「ははあ……、そういうことですか。たしかに戦艦では、その手は使えませんな……」

古賀はもはやつぶやき返すしかなく、みずから に決断をうながすようにして、何度もちいさくうなずいてみせた。

それを見て、米内が背中を押す。

「これは高橋三吉から聞いた話だが、（山本）英輔大将がおっしゃるには、権兵衛大将は亡くなる直前までしきりに〝これからの海軍は航空母艦中心の軍備に改めるべきだが、今の若い者にはどうも踏ん切りがつかんようじゃ……〟と嘆いておられたらしい。……じつは私もこれを聞いて考えを改めたのだが、私や山本のことはさておき、ここはひとつ、権兵衛大将の遺言だと思って戦艦へのこだわりを断ち切り、空母の建造に同意してもらうわけにいかんかね……」

帝国海軍将兵のなかで、いや、歴史を知る日本人のなかで、山本権兵衛・元海軍大将のことを尊敬せぬ者など、だれ一人としていない。

その権兵衛大将が〝空母中心の軍備を希(のぞ)んでいたのだ〟と知るのは、むろん古賀もこれがはじめてのこと。米内のこの告白は、それらしい理屈を聞かされるよりも、よほど古賀峯一の心をうごかし胸に響いた。

山本も、余計な口出しは〝もはや無用だ〟と悟り、しきりにうなずいている。

すると、古賀は目をつむって天を仰ぎ、大きくひとつ〝ふう〟と息を吐くや、ついにこだわりを捨てた。

「わかりました。私ごときがこれ以上、大先輩方に盾突けば、海軍の統制を乱すことになりましょう……。戦艦の建造はあきらめます！」

この言葉を聞いて、米内と山本は、あらためて古賀に対する信頼を深め、二人は顔を見合わせて何度もうなずいていた。

2

古賀峯一が松崎大佐の交代に同意してくれたのはよかったが、松崎の後任の第三課長に〝だれを持ってくるのか〟ということが問題だった。

巨大戦艦二隻の建造をやめれば、相当に大きな空母を〝三隻は造れる〟と考えられたが、空母を造るのだから、航空に理解のある者を第三課長に据える必要がある。山本や井上の頭に真っ先に浮かんだのは〝大西瀧治郎〟だったが、大陸での戦いは航空戦がたけなわで航本・教育部長の大西を今、代えるのはよくない。

大西は搭乗員の新規養成や補充、はたまた作戦指導のために内地――大陸間を行ったり来たりしており、ことのほか忙しかった。

――今、不用意に大西を代えると、現地での戦いに支障が出かねないな……。

そう思いあぐねていた山本や井上に、解決の糸口となる〝あたらしい名前〟を告げたのは、海軍省官房臨時調査課長（南方の軍政統治に関する研究）として軍務局に服務していた高木惣吉大佐であった。

「私の同期（海兵四三期卒業）に上阪香苗がおります。本来の専門は砲術ですが、少佐のときに霞ヶ浦航空隊の教官となり、それ以降は航空の道を歩んでおります。頭脳明晰な上に温和で分け隔てがなく、上阪なら航空の重要性を充分に理解しており、安心して任せられます」

前任者の松崎彰も海兵四三期の卒業なので、上阪香苗なら無理なく交代させられる。

山本や井上は高木の進言をただちに容れて、上阪香苗大佐を昭和一三年五月一〇日付けで軍令部第二部・第三課長に起用した。

突然の交代劇に部員はみなおどろいたが、博恭王もさすがに課長級の人事にまで口出しするようなことはなかった。なにより着任早々、上阪は航空軍備への転換を旗幟鮮明に打ち出し、それが米内大臣の〝覚悟の表れである！〟と伝えて課員をまとめ上げた。むろん古賀中将の協力があってのことだが、古賀は第一部長の近藤信竹中将や第二部長の三川軍一少将にも米内大将の意向を伝えて部内を統率。表面上、軍令部は巨大戦艦の建造を継続するような体裁を取りつつ、実際には空母の増産へ舵を切ることになった。

米海軍に対しては〝いまだ艦隊決戦思想を維持している〟ように見せ掛けておき、その実、空母の建造では〝一歩も二歩も先を行っておこう〟というのであった。

思い切った建造計画の見直しだから相当に大きな抵抗があるかと思われたが、実際にはそうでもなかった。軍令部員の多くは〝近い将来に航空主兵の時代が到来するのではないか……〟とうすうす感じ始めていたが、周囲の顔色をうかがうようにして結局は巨大戦艦の建造を決めていた。勇気をもって前例を打ち破ろうとするような者はおらず、松崎も〝常識的な計画だ〟と思い巨大戦艦二隻の建造を立案していた。いや、松崎彰にかぎらず〝第二部・第三課長というイス〟に座れば、大方の海軍士官が松崎と同様の建艦計画を立案していたにちがいない。

この国では邑の掟に従うのが常識であり、そうすれば食いはぐれがない。軍令部という組織はとくに内向きで特権意識が強く、勇気をもって〝航空主兵の時代が到来した！〟などと宣言するような〝もの好き〟はだれもいない。伏見宮や古賀が特段〝戦艦を造れ！〟と命じていたわけでもないが、みなが周囲の顔色をうかがいながらたがいに強がりばかりを言って、結局は前例踏襲主義に落ち着くのだから非の打ちどころのない官僚組織といってよかった。

「明日から航空主兵に転換する！」

日本でわざわざこのようなことを宣言するのは野暮の骨頂であり、第一、京都から東京への遷都宣言でさえもいまだに出されていない。そんなものを出せば要らぬ波風が立つだけで、うやむやに済ませるのがなにより上等なのだ。

上阪香苗が敢えて航空主兵を宣言するや、軍令部内は当然のように一時騒然となった。けれどもそれは一瞬のこと。山本権兵衛大将が〝空母中心の軍備を希まれていたそうだ……〟という声がどこからともなく聞こえてくると、その騒ぎがおのずと鎮まり、部内ではマル四計画の再検討が粛々（しゅくしゅく）とおこなわれ始めた。

権兵衛大将云々のうわさの出どころはほかでもない次長の古賀峯一自身であったが、あるいは宇垣纏（うがきまとめ）や松田千秋（まつだちあき）など〝筋金入り〟の戦艦信奉者がこのとき軍令部に在職していたならば、さしもの古賀も猛烈な突き上げを喰らって部内の舵取りに難渋していたかもしれない。

幸いにも、宇垣纏大佐は戦艦「日向（ひゅうが）」の艦長をしており、松田千秋大佐は支那方面艦隊の参謀として内地との連絡役を担っていた。

唯一の懸念は軍備をつかさどる第二部長の三川軍一が古賀に〝反旗を翻すのではないか……〟ということだった。

三川軍一は海兵三八期の卒業で専門は航海術だが、万一、三川が空母中心の軍備に反対した場合には、米内や山本は軍令部・第二部長を同じ海兵三八期卒の戸塚道太郎（とつかみちたろう）少将に代えることも視野に入れていた。

戸塚道太郎はすでに航空の道へ進んでおり米内や山本はかれに目を付けたのだが、戸塚はまさに最前線に立ち、このとき台湾で基地航空隊の指揮を執っていた。できれば戸塚を代えたくはないので古賀も〝権兵衛大将の話〟を持ち出して懸命に説得、三川の同意を得たのはよかったが、部内全体に山本権兵衛の考えが広まり、にわかに騒ぎがおさまったのだった。

はたして、第二部・第三課長となった上阪大佐は、就任後およそ二週間で新たな建造案をまとめ上げ、改定された「マル四計画」では、大鳳型をふくむ計四隻の大型空母が建造されるよう計画が変更されていた。

改・マル四建艦計画

（艦艇建造予算／一二億円、航空隊整備予算／三億七〇〇〇万円）

・戦艦／建造なし
・空母／帝龍（ていりゅう）型（三万九二〇〇トン）×三隻
　／大鳳型（二万八五〇〇トン）×一隻
・軽巡／阿賀野（あがの）型（六六〇〇トン）×四隻
　／大淀（おおよど）型（八二〇〇トン）×一隻
・駆逐艦／夕雲（ゆうぐも）型（二一〇〇トン）×一四隻
　／島風（しまかぜ）型（二四〇〇トン）×一隻
　／秋月（あきづき）型（二六〇〇トン）×六隻
・潜水艦／伊九型（二六〇〇トン）×一隻
　／伊一五型（二二〇〇トン）×一四隻
　／海大七型（一六〇〇トン）×八隻
・航空隊／七五隊整備
※艦型名はすべて仮称、カッコ内トン数はすべて基準排水量

大和型三、四番艦は二隻とも建造を取り止めたが、それでも大型空母三隻分の建造費を確保することはできず、新たに軽巡一隻、駆逐艦二隻、潜水艦三隻の建造を取り止めて、大型空母三隻分の予算を捻出した。

計画変更の目玉はなんといっても帝龍型と仮称された大型空母三隻だが、それは大鳳型をさらにひとまわり大きくした野心的な空母だった。

大鳳型と同じく飛行甲板に鋼板を張りめぐらした装甲空母で、搭載機数を増やし大鳳型以上の攻撃力を持たせる予定であったが、帝龍型空母の設計案はこのあと紆余曲折を経てかなり変更されることになる。

それはともかく、改定された「マル四計画」は七月一〇日の海軍・高等技術会議において正式に承認され、同年（昭和一三年）一二月二六日開会の「第七四回・帝国議会」にて予算が成立するのであった。

「おれがいくら理屈で説明しても古賀くんはおそらく〝うん〟と言わなかったろうが、米内さんが諭すように言って聞かせると、古賀くんも最後はうなずいてくれたよ」

山本がそう告げると、井上は心底感心した。

井上は前々から古賀中将のことを〝非常にものの判断の正しい人だ……〟と思っていたが、米内大将が大臣の資格において直接説得におもむいたからこそ、古賀中将は空母中心の軍備に同意してくれたのにちがいなかった。

——持論がどうであれ、最後は〝大臣の統制に必ず従う！〟というのが、じつに古賀さんらしいところだな……。

井上は、わざわざ説得に出向いた米内大将よりもむしろ、その説得に応じた古賀中将の心構えのほうに感心した。

現に古賀はいまだに〝航空攻撃によって戦艦が沈められるようなことは断じてない！〟と信じていた。個人としての考えはあくまでそうだが、もはや多くの人が航空主兵の考えに変わりつつあることも、古賀はもちろん承知していた。

とくに権兵衛大将も〝そうだったのだ〟と聞かされて古賀は大きな衝撃を受けた。それも事実にちがいないが、じつは古賀にとって最もうれしかったのは、自身の説得を次官の山本中将だけに任せず、米内〝大臣みずからが〟自分の部屋へ足を運んでことのほか気を使いながら話をしてくれたということにあった。

次長の説得には次官が出向けば通常は事足りるし、山本五十六は古賀峯一より海兵で二期上なのである。

――米内さんもえらいが、持論は持論で、それをひっこめた古賀さんのほうがもっとえらい。結局人の値打ちというのは、最後はそういうところで決まるのかもしれないな……。

むろん航空主兵のほうが正しいからこそ、そう思うのだが、井上はしみじみそう感じていた。

第三章　新機軸〝制空母艦〟

1

後に帝龍型航空母艦として完成する大型装甲空母三隻「第一九〇号艦、第一九一号艦、第一九二号艦」の設計はすでに始まっていた。

大陸での戦いは昭和一三年九月下旬に武漢三鎮（ぶかんさんちん）攻略の目処が付き、支那方面艦隊・兼第三艦隊の参謀として上海に赴任していた樋端久利雄（といばなくりお）少佐がほぼ一年ぶりに帰朝して来た。

帰朝後、海軍省・兼軍令部出仕の扱いとなった樋端少佐は戦況報告を済ませたのち、一〇月四日になってはじめて、改定された「マル四計画」の全容を知らされた。

「次の建艦計画では第一三〇号艦（大鳳）のほかにも、排水量四万トン級の大型空母を三隻も造ることになったぞ！」

樋端久利雄は海兵五一期の卒業で、帰朝して来た樋端に、真っ先にそう告げたのはほかでもない同期の大井少佐だった。

軍令部としてはじつに思い切った建艦方針の転換にちがいなかったが、つい最近まで最前線で熾烈（しれつ）な航空戦を指導してきた樋端には、この計画を見て考えるところがあり、来たるべき〝航空制圧戦研究のため〟と称して、まず航本・教育部長の大西瀧治郎大佐に面会を申し入れた。

これまで二人は海軍航空のあらゆることについて幾度となく話し合ったことがあり、大西も樋端のことは、その飛び抜けて優秀な頭脳もふくめてよく知っている。

「やあ、ご苦労！」

風采の上がらぬその顔を見て大西が声を掛けると、樋端は愛想なしでいきなり切り出した。

「部長。一世を風靡していた〝戦闘機無用論〟はいかにもまちがいでしたね」

大西はみずからすすんで戦闘機無用論を口にしていたが、この男は躊躇なくその誤りを正した。

「ああ、大まちがいだった。戦闘機は、要らないどころか、最も重要な兵器だ！」

中国空軍との戦いで味方は多数の九六式陸攻を喪失しており、戦闘機の護衛が必要であることはもはや火を見るよりもあきらかだった。

戦闘機を撃墜されても喪う搭乗員の数は一名のみで済むが、九六式陸攻が撃ち落とされると、いっぺんに七名もの搭乗員を喪ってしまうのだからたまらない。大西や樋端は陸攻が〝未帰還！〟となるたびに、肺腑をえぐり取られるような思いをさせられていた。

日中戦争を経験したおかげで戦闘機無用論は机上の〝空論でしかなかった〟ということが実戦ではっきりと証明されたが、戦闘機は〝必要ないのではないか〟との錯誤におちいっていたのはなにも帝国海軍だけではなかった。B17爆撃機などの優秀機が開発されるにいたって、アメリカやドイツなどでも戦闘機無用論がさけばれるようになっており、実戦経験にとぼしい欧米各国が戦闘機の重要性を本当に理解するのは、第二次大戦がようやく本格化し始めてからのことだった。

それを、世界に先駆けて帝国海軍が知ることができたのは日中戦争での怪我の功名といえる。

戦闘機は「重要な兵器だ！」との大西の言葉を受けて、樋端がいよいよ力説した。

「わが国はこれまで艦爆、艦攻や陸攻などの攻撃兵力を偏重してまいりましたが、これを契機に攻撃隊を戦闘機重視の編成に改めるべきです！　制空権の獲得がなにより重要であり、戦闘機重視の編成に改めることで攻撃機の被害が減少、敵に対して〝かえって大きな損害を与え得る！〟と私は確信します」

樋端は兵学校や海大をダントツの〝一番〟で卒業しており、首席の座をこれまでほかの者に一度もゆずったことがない。数十年にいちど出るか出ないかの逸材だから、その言葉にはほかにはない説得力があった。

さすがの大西も、この指摘にはうなずかざるをえなかった。

「うむ……。そうかもしれん」

しかし、そうはいっても、戦闘機にも致命的な弱点がある。大西は首を横へ振りながら、続けてつぶやいた。

「だがな……、戦闘機は航続距離が短いので、いつも護衛に付けられるとはかぎらん」

そのとおりだが、樋端は即座に返した。

「ですから、味方戦闘機の攻撃半径に在る敵基地からひとつずつ攻略してゆくべきで、一足飛びに遠方の敵基地を攻略しようとするのが、そもそもまちがいなのです」

すると大西は、すこし考えてから反論した。

「ああ。もちろんそれが常道だが、そう都合よく味方飛行場を推進できるとはかぎらん」

ひと呼吸おいて大西が続ける。

「……海だ。今回の渡洋爆撃もそうだが、海を越えて敵基地を取ろうとすると、味方戦闘機の足がとどかぬ遠距離攻撃がどうしても出てくる。とくに太平洋を股に掛けて進軍しようとすれば、目をつむってでも陸攻を出さねばならない作戦がどうしても必要になる！」

海軍の仮想敵国は米国だ。米軍を相手に戦うとなれば、いかにも大西の言うとおりにちがいなかった。そのことは樋端も否定する気がなく、万一太平洋が戦場となれば、戦闘機ばかりに頼ってもおられない。

思い切った作戦がどうしても必要になるが、大西は確信めいた表情でさらに続けた。

「ただし、いま開発中の『一二試艦戦』が完成すれば、すこしは楽になる」

大西の言うとおりだった。

現在開発中の一二試艦上戦闘機は、増槽なしでもおよそ三五〇海里の攻撃半径を持ち、増槽を装備すれば五〇〇海里以上の遠距離攻撃が可能となる。いうまでもなく零戦のことであり、昭和一五年夏ごろには実戦配備できそうだったが、樋端はさほど関心なさそうにつぶやいた。

「新型艦戦には私も期待しておりますが、単座戦闘機に五〇〇海里以上もの距離を進出させるのはやはりやり過ぎで、搭乗員に過剰な負担を強いることになります。……そうした運用はできるだけ避けるべきでしょう」

この言い草にカチンときた大西はムキになって返した。

「なにを手ぬるいことを言っとる！　ほかに方法はなく、万難を排してやるんだ！」

すると、これまでぽかりと開いていた樋端の口がにわかに引き締まり、その口から大西の意表を突くような言葉が飛び出した。

「いえ、もっとよい方法があります」

「……なっ、なんだとっ⁉　……貴様、今なんと言った？」

大西は思わずそう訊き返したが、樋端は平然とくり返した。

「さらに、もっとよい方法がある、と、そう申し上げたのです」

それでも大西は半信半疑だったが、ほかでもない樋端が「よい方法がある」と言うのだから、あらためて訊き返した。

「ならば、その方法とやらを教えてもらおう」

大西が身を乗り出すと、樋端も姿勢を正して説明し始めた。

「戦闘機専用の空母を造ります。防御力をうんと強くして大量の味方戦闘機を積み、それを敵方へ肉迫させて戦闘機のみで攻撃を仕掛けます。そして敵地もしくは敵艦隊上空の制空権をまず握っておき、その上で陸攻や艦爆、艦攻などで本格的な攻撃を仕掛けるのです」

「……しかしそれなら、通常の空母から戦闘機のみを先に出撃させた場合と大して変わらんではないか……」

大西がそう言って首をかしげると、樋端は即座に反論した。

「いえ、まったくちがいます。通常の空母ですと防御力が弱く、そこまで大胆に敵方へ近づけることができません。また戦闘機の数が少なく、万一反撃を受けた場合には、味方空母のほうが大損害をこうむることになるでしょう」

すると大西は、すこし考えてから再確認した。

「要するに、重装甲空母に戦闘機のみを搭載するというのだな?」

「そうです」

「それで戦闘機を何機ほど積む?」

「マル四計画で新たに建造が認められた四万トン級の空母でしたら、少なくとも一〇〇機程度、多ければ一五〇機程度は搭載できるのではないでしょうか……」

破格の大型空母だから、大西も〝一〇〇機ぐらいは積めるだろう〟と思った。しかし、まだ腑に落ちない点がいっぱいある。

「一〇〇機とも攻撃に出すのかね?」

「いえ、攻撃対象にもよりますが、およそ三〇機を防御用として残し、それ以外の七〇機で攻撃を仕掛けます」

「では、敵方へどれぐらい近づける?」

「二五〇海里が無難なところでしょう」

「しかしいくら大型装甲空母とはいえ、直掩機がわずか三〇機では反撃を受けたときに、かなりの損害をこうむるのではないか?」

大西がそう訊き返すのも無理はないが、これにも樋端は即答した。

「ですから、第一三〇号艦と同じく飛行甲板に装甲を施すのはもちろんのこと、艦橋にも司令塔を設けて戦艦並みの被弾対策を講じておきます。……それに直掩機は三〇機だけではありません。全部で〝三隻〟ですから計九〇機です」

樋端は平然とそう言ってのけたが、これには大西が思わず声を荒げた。

「なにっ、三隻だと⁉ 四万トン級のヤツを三隻とも戦闘機専用の空母にするのか⁉」

「……一隻だけでは大した効果を望めませんので三隻とも〝制空母艦〟として建造すべきです。文字どおり三隻が〝三位一体〟となって太平洋を駆けまわれば、いかなる敵に当たろうとも制空権を奪えるはずです。それと〝一〇〇機〟というのは控え目の数字ですから、最大で〝一五〇機〟とすれば、攻撃に計三〇〇機、防御にも計一五〇機を動員できます！」

　大西は、開いた口がふさがらなかったが、かろうじて返した。

「……制空母艦というのはその戦闘機専用空母のことだな？」

「そうです。肉迫後、大量の戦闘機を放って敵地上空の制空権を一気に奪いますので、制空母艦と呼んではいかがでしょうか？」

「まあ、それはいいだろうが……」

「はたして本当に一五〇機も積めるか？」

　大西が口をつないでそう訊くと、これにも樋端は自信たっぷりに返した。

「四万トン級の巨艦ですし、しかも戦闘機のみに絞って搭載するのですから、爆弾や魚雷の搭載量を思い切って減らせば、一五〇機ちかくは積めるはずです。また、最初から積めるように工夫して設計しておくべきです」

「うむ……」

　大西は思わずうなり声を上げたが、ほどなくして問題点に気づき、それを指摘した。

「だが、艦載機の発進には（一機当たり）最低でも二五秒は掛かる。あわよくば一五〇機ちかく積めたとしても、それだけ大量の戦闘機を短時間で上空へ舞い上げるのはとても不可能だろう。優に一時間以上は掛かるぞ！」

これはたしかに大問題だった。

一五〇機もの機体を一斉に発進させるのは不可能なので、実際には二波以上に分けて発進させることになるが、だとすれば、一時間どころか優に二時間ちかくは掛かってしまう。

ちなみに史実では、航空本部の試算として翔鶴型空母の飛行甲板（全長二四二・二メートル）を一一メートル延長した場合、合成風力一四メートル毎秒（速力二七・二ノットで母艦が疾走した場合）で、零戦と彗星・計五七機が一度に発進できるとされていた。

そして本書で計画中の四万トン級空母は翔鶴型より飛行甲板が二七メートル以上も長いため、零戦のみなら六五〜七〇機程度は一度に発進できると考えて差し支えなかった。

一五〇機ちかくの戦闘機を搭載できたとしてもすべて発進させるのに二時間ちかくも掛かっていたのでは、大西が言うように、とても〝機動力がある〟とはいえない。

しかし樋端は、この問題にもきっちりと答えを用意していた。

「飛行甲板の先端からおよそ七〇メートルを発進区画とし、発進のための射線を、従来型の空母はみな一本ですが、それを〝二本〟設けます。そして、一射線から三〇秒間隔で一機ずつ発進させていき、それが二射線ありますから、二つの射線を交互に使って一五秒間隔で発進できるようにしておきます。そうすれば、全一五〇機を三七分三〇秒（一五〇機×一五秒）で発進させられるのではないか、と計算しております」

樋端が言うように、計画中の第一九〇号艦（帝龍）は飛行甲板の全幅が三五メートルを超える予定なので、発進線を二射線に増やすことも不可能ではなかった。

ちなみに零戦二一型の全幅は一二メートルなので、二機が横並びとなっても、その幅は合わせて二四メートルでしかない。

しかも樋端は、一射線当たりの発進間隔を二五秒ではなく、余裕をみて〝三〇秒〟間隔としているので、おそらく安全に発進作業をおこなえるはずだった。なるほど、第一九〇号艦の飛行甲板は広く、大西もここまでは納得したが、もうひとつ大きな問題が残されていた。

「だが一五〇機も在ると、それら全機を飛行甲板上に並べておくことはできまい。半数以上の機は下の格納庫で待機しているはずだ」

そのとおりで、飛行甲板上に整列した七〇機が発進を終えても、格納庫にはなお半数以上の機が残っている。それらを飛行甲板へ上げるのに優に三〇分以上は掛かってしまうのだ。

残る八〇機を遅滞なく発進させるには、発進作業をおこないながら航空機用エレベーターをフル稼働させるしかないが、飛行甲板に重防御を施す第一九〇号艦には航空機用エレベーターが前部と後部の二基しか存在しない。しかも発進作業中は前部エレベーターを使用できないため、後部エレベーターのみで飛行甲板へ上げざるをえず、稼働エレベーターがわずか一基では作業がとても追い付かない。けれども樋端は、この問題にもきっちりと答えを出していた。かれは大西のところへ来る前に、同期の大井から耳寄りな情報を得ていたのである。

この時期、米国には海兵五一期卒業で樋端や大井と同期生の木阪義胤少佐が駐在していた。大井は木阪から、ワスプ型米空母は舷側に簡易エレベーターを装備しており、それを改良した本格的な舷側エレベーターが、新型の米空母（エセックス級）に採用されようとしている、との情報を得ていた。

そして、制空母艦からの〝連続発進〟という問題で頭を痛めていた樋端は、マル四計画について大井と雑談を交わすなかで舷側エレベーターのことを聞かされ、とっさに〝それだ！〟と思い立って、頼るべき教育部長の大西に急遽、面会を申し入れていたのであった。

――よし、舷側エレベーターだ！　これで大西部長を十中八九、説得できる！

そして樋端は今、首をかしげる大西を前にしていよいよそれを口にした。

「米国駐在の木阪によれば、新型の米空母はなにやら〝舷側エレベーター〟なるものを採用しようとしております」

「……はあ⁉　なんだ、それは？」

聞きなれない言葉に接して大西はまず首をかしげたが、樋端からくわしい説明を聴いて、思わず納得のうなり声を上げた。

「ふむ……」

承知のとおり舷側エレベーターとは、飛行甲板の側方から海上へ突き出すようにして設けられたエレベーターのことである。エセックス級空母の場合はそれを左舷中央部、島型艦橋の向かい側に設置していた。

　樋端の説明を聴いて大西もその概略はさすがに理解することができたが、腑に落ちない点がいくつかある。

「そんなものを取り付けて、航行や戦闘の邪魔にならんのか……」

「部分的に飛行甲板へ喰い込むように設置されており、未使用時には海側の側端を上へ跳ね上げて折りたためるのです。……ですから、防空戦闘時や入港接岸時などでも、邪魔になるようなことはまずありません」

　樋端が簡単な図面を描いて見せ、そう説明すると、これには大西もうなずいた。

　だが、まだ疑問がある。

「しかし、その舷側エレベーターが防御上の弱点になりはしないかね。……装甲を施すのはとても無理だろう?」

「はい。軽量化する必要があり、装甲を施すのは不可能ですが、先ほども申しましたように防空戦闘時には端を跳ね上げて折りたたんでおりますので、舷側エレベーターが防御上の弱点になるとは通常、考えられません」

　樋端の言うとおりで、もしこのエレベーターが防御上の重大な弱点になるとすれば、エセックス級米空母はすべて〝欠陥空母〟ということになるが、米海軍が事前の検証もなく、大量生産に踏み切るはずがなかった。

「うむ……、およそ問題はなさそうだが、それで本当に一五〇機もの艦載機を短時間で発進させられるかね?」

「便宜上およそ一五〇機と申し上げましたが、実際には、最大でも〝一四四機〟程度が妥当だろうと考えております」

樋端はそう前置きした上でさらに説明した。

「まず飛行甲板上に七二機を並べておき、残る半数の七二機を格納庫内で待機させておきます。そして、後部エレベーターと舷側エレベーターを使って二分置きに六機ずつ上げますと、発進作業をやりながら二四分ほどで格納庫内に残る七二機をすべて飛行甲板へ上げられます。ですから、計算上は四二分ほどで、全一四四機を発進させられることになります」

しかし、大西は案の定、首をかしげた

「だがそれはあくまでも机上の計算で、実際にはなかなか、そううまくはいかんだろう」

すると樋端は、当然と言わんばかりに返した。

「そりゃ、最初は五〇分ぐらい掛かるかもしれませんが、くり返し訓練をおこない整備員が慣れてくれれば、四〇分を切ることも可能とみます」

「ふむ……。とにかく、一時間以上掛かるようなことは〝ない！〟と言うのだな？」

「はい、それは断言できます！　実際には一四四機もの機を一斉に発進させるようなことは、ごく稀で、一部の戦闘機は防空用に残すことになるでしょうから、発進に一時間も掛かるようなことは断じてありません！」

樋端が息も継がずに一気に説明すると、大西もついに制空母艦の有用性を認めて〝よし〟とうなずいた。

ところが、樋端が〝やれやれ〟と思い、ひと息吐いていると、不意に思い立った大西が、さらに問いただした。

「しかしきみは、それら大量の味方戦闘機をまず攻撃に出し、敵地もしくは敵艦隊上空の制空権を奪い取る、と言ったな⁉」

「はい。そう申しましたが、……なにか？」

「航法に難のある戦闘機ばかりで攻撃を仕掛けたのでは、その制空母艦とやらに無事に帰投させることができんだろう！」

これを聞いて樋端はなんだ〝そんなことか〟と思い拍子抜けしたが、ここは大西部長の顔を立てておき、ひと芝居打った。

「なるほど……、そうでした。搭載する艦載機の一部は戦闘機ではなく、航法に優れた艦爆などに変更すべきですね。一四四機だとしますと、そのうちの二四機ほどを艦爆にしてはいかがでしょうか……」

するとと大西は、鼻を高く鳴らしてこれに大きくうなずいた。

「うむ。艦爆なら、いざ、というときに空戦も可能だから……、それでよかろう！」

そして大西は、制空母艦の建造について、次官の山本五十六中将と「一両日中に話し合うことにする！」と断言、樋端に再度、大きくうなずいてみせたのである。

2

海軍次官の山本五十六中将は依然として航空本部長を兼務している。大西が山本の部屋を訪れたのは樋端と話し合ったその翌日・一〇月一〇日のことだった。

大西は、まず制空母艦や舷側エレベーターについてひと通り説明し、山本中将の反応が悪くないことを確かめてから付け加えて言った。

「搭載機の二割弱を艦爆にしますので、敵空母の飛行甲板を破壊することも可能です」

　すると山本は、制空母艦の有用性にある程度の理解を示しながらも返した。

「いや、おもしろいと思う。……だが、戦闘機をそれだけたくさん積めば、攻撃力が低下するだろう。はたして三隻も必要かね？」

　攻撃重視の帝国海軍にとってはたしかに思い切った戦術思想の転換となる。そのため山本も首をかしげたが、味方陸攻の被害の多さに頭を痛めていた大西は、この〝制空母艦〟にもはやすっかり傾倒していた。

「中国空軍との戦いで、われわれは〝制空権の獲得がなによりも重要である！〟ということを教えられました。攻撃隊を戦闘機重視の編成に改めることにより、艦爆や陸攻などの被害が減り、かえって〝高い攻撃効果を期待できる！〟というのが私や樋端の出した結論です」

　味方航空隊の被害の多さには山本もむろん頭を痛めていた。

　山本が静かにうなずくのを見て、大西がさらに続けた。

「戦闘機でまず航空制圧しておけば、あとは艦爆などで叩き放題です！　しかし〝敵基地〟上空の制空権を掌握するには多くの戦闘機が必要で、出し惜しみをしている場合ではございません。わずか一隻では到底物足りない！　……本部長、私や樋端が想定している敵基地には、むろん〝オアフ島〟もふくまれているのです！」

　オアフ島という具体名を聞いて、山本五十六の心がにわかにうごいた。

　――そうかっ、ハワイだ！　オアフ島をやるには三隻ぐらいは必要だ！　いや、むしろ三隻では少ないぐらいだ……。

山本はもはや内心すっかりその気になっていたが、そうとは気づかぬ大西がさらに口を酸っぱくして言った。

「三隻とも完成させるのにおそらく昭和一八年のいっぱいまで掛かるでしょうが、そのころには米海軍も空母を続々と竣工させているはずです。……ご承知のように大型装甲空母の建造には三年ほど掛かりますから、建艦競争で先行している今のあいだに三隻とも造り始めておくべきです。あとの不足は、工期二年ほどの通常型空母をがんばって建造すれば、それでなんとかおぎなえます。しかし工期の長い制空母艦を〝あとから追加で建造しよう〟としても、時機を逸するおそれが多分にございます！」

そのとおりだが、大西がそう言い終わったときにはもう、山本は待ちきれず大西のお株を奪おうとしていた。

「きみのように三隻などとケチくさいことをいわず、第一三〇号艦もまた四隻目の制空母艦として建造してもいいぐらいだな……」

手のひらを返したような山本の言い草に大西は閉口させられたが、すぐに気を取りなおしこれに応じた。

「……四隻は、いくらなんでも行き過ぎのように思いますが、第一三〇号艦もまた装甲空母として建造いたしますので同艦の艦橋にも同じく司令塔を設けておき、場合によっては〝制空母艦として使えるようにしておく〟というのはいかがでしょうか……」

「ほう、きみも欲張るね……」

山本のこのつぶやきに、大西はいよいよ開いた口がふさがらなかった。

それを見て、山本が平然と続ける。

「まあ、せっかくの提案だから第一三〇号艦にも司令塔は設けるが、艦爆や艦攻をしっかり積んでおき、同艦は従来どおりの使い方で、機動部隊の旗艦にすべきだな……」

「はい、それが妥当に思います」

大西も今度はしおらしくうなずき、これで新造四空母の骨格は固まったが、米内大臣への報告はもとより、軍務局や艦政本部、それに軍令部にもこの建造方針を徹底しておく必要がある。

そのことをふまえた上で、山本が、あらためて言及した。

「問題は軍令部だ……。ハワイ攻撃を視野に入れての制空母艦の建造だから、軍令部にはこれ以上漸減邀撃作戦に固執してもらっては困る。対米戦略の大転換が必要だ……」

「軍令部には〝作戦〟構想の大きな見直しがもとめられますね……」

「ああ、作戦だ。第一課長の草鹿龍之介は航空屋だからそのまま据え置くとしても、とくに第一部長は、対米戦略の大転換をやれる、しっかり者でなけりゃダメだ」

この（昭和一三年）一二月には海軍の定期異動がおこなわれるが、じつは、次の軍令部・第一部長には宇垣纒が内定しており、山本はそのことを懸念しているのだった。

軍令部次長は引き続き古賀峯一が務めることになっており、宇垣が第一部長に就任したからといって、マル四計画が再びひっくり返されるようなことはないだろうが、第一部長の宇垣が空母四隻の建造にごねると、事態の収集に博恭王の手を借りるようなことになりかねない。

――宮様に話が及ぶと、思わぬどんでん返しに遭わぬともかぎらない……。

そう考えた山本は、この際〝第一部長だけは慎重に選ぶ必要がある〟と警戒したのだ。

そう考えると次の第一部長には、いま目の前に居る大西を据えるのが航空主兵へ転換する早道にちがいなかったが、第一部長の階級は少将もしくは中将と決まっている。

しかし残念ながら、大西はまだ少将に昇進する予定がなかった。

山本は大西の顔をまじまじと見つめながら、つぶやくようにして言った。

「じつは〝意中の者〟が、ほかにおることはおるのだが、階級のカベが邪魔しておるので、ここはひとつ、山口多聞を第一部長に起用するしかあるまい……」

むろん山本が言う意中の者とは、大西瀧治郎のことだったが、大西自身はそのことにまるで気づいておらず、山本から〝山口多聞〟という名前が出ると、もろ手を挙げて賛成した。

「それは名案です！　意中の者とは、だれのことか存じませんが、それより山口なら、課長以下の部員をしっかり束ねるでしょう」

なにより山口多聞は、宇垣纒と同じく昭和一三年一一月一五日付けで少将へ昇進することが決まっていた。そのため山本は、大西をあきらめて山口の名前を挙げたのだが、そうとは知らずに喜色を浮かべる大西を見て、山本はあきれ顔となってため息まじりにつぶやいた。

「本人（山口多聞）は宮仕えを嫌がるにちがいないが、貴様にも責任があるのだから、山口くんをよく説得しておいてもらおう」

大西にはそれでも山本の真意はわからなかったが、同期（海兵四〇期卒業）の山口多聞とは気心が知れているので、山口の説得ぐらい〝わけもない！〟と大西は快くうなずいたのである。

3

ところで、艦政本部長の上田宗重中将は一一月ごろから体調がすぐれず、昭和一四年一月二六日にはついに斃れて、本部長の座を塩沢幸一中将にゆずることになった。

塩沢幸一は海兵三二期の卒業で山本五十六とは同期である。塩沢が就任するまでのあいだ、艦政本部の切り盛りは実質、総務部長の岩村清一にゆだねられることになり、岩村は制空母艦の建造を粛々とお膳立てした。

むろん大臣の米内光政大将や軍務局長の井上成美少将は、次官の山本五十六中将と志を一にしており、海軍省や艦政本部で制空母艦の設計方針に異論が出されるようなことはなかった。

ちなみに上田宗重の急逝により、一系化問題はまたもや一旦、棚上げされることになる。

それはともかく、昭和一三年一二月一五日付けで山口多聞少将が軍令部・第一部長のイスに座ると、山口は、着任早々からめきめきとその手腕を発揮して、まずは第一課長・草鹿龍之介大佐以下の作戦課部員を航空主兵の考えでしっかりとまとめ上げた。

山本は、山口多聞の説得を大西に任せっきりにせず、次官室への出頭を命じて、みずからもその説得に当たっていた。

「要するにハワイを取るための戦術転換だ」

山本がそう告げると、米国をよく知る山口は制空母艦の有用性をまたたく間に理解し、国のためになるなら軍令部の意識改革に〝ひと役買いましょう〞とうなずいたのだった。

軍令部着任の初日に、山口は第一課長の草鹿を前にして言った。

「漸減邀撃作戦を頭ごなしに否定するようなつもりはない。だが、米艦隊がこぞってマーシャルに来てくれるという保証など、どこにもなく、きみたちにはまず、ハワイを取ることを考えてもらいたい。そのための制空母艦だ！　……われわれがハワイを取れば、米軍は十中八九その奪還に乗り出して来る。西海岸をがら空きにしてまで、艦隊兵力を遠く豪州などへ派遣して来るはずがないからである。だからハワイさえ取れば、そのあとは邀撃に徹するということもあり得るだろう」

これまでは〝ハワイの占領など不可能だ！〞と考えている者が多かったが、新たに制空母艦という概念が導入され、草鹿も〝不可能ではないかもしれない〞と思い始めていた。

――なるほど、オアフ島上空の制空権を完全に掌握することができれば、ハワイの占領も夢ではないかもしれないぞ……。

そしてなにより、ハワイをまず占領しなければ対米戦勝利の戦略など立て様もなく、山口の着任をきっかけにして、軍令部・第一課の意識改革が図られた。

ところが、軍令部の全員がこの対米戦略の大転換に賛成したわけではなく、依然として漸減邀撃作戦に固執し、艦隊決戦思想を捨てようとしない者が少なくとも一人いた。

第三部・第五課長の松田千秋大佐である。

松田は昭和一四年一月一四日付けで第五課長に就任、第五課の担当は〝米国および米州に関する情報〟だが、航空攻撃で戦艦を沈めることは〝絶対に出来ない！〟という信念の持ち主で、松田は軍令部に着任するやいきなり、第一部長の山口に議論を吹っ掛けた。

「大量生産に都合のよい航空軍備に、こちらからわざわざ切り替えるなど、物量で押そうとする米軍に有利な土俵の上で、相撲を取ってやるようなもんじゃないですかっ！」

「では訊くが、こちらが戦艦を造り続ければ、米軍は軍用機の大量生産を止めてくれるかね？」

米軍はすでにB17爆撃機の実戦配備をすでに開始していたし、B29爆撃機の開発にも着手していた。対米情報を担当しているだけに松田もそのことはよく知っているはずだった。

ところが松田は、山口の質問に決して正面から答えようとはしなかった。

松田が口を閉ざしているので、やむをえず山口が続けた。

「そりゃ日本が戦艦を造れば、米国も戦艦を造って対抗してくるさ……。戦艦の建造には膨大な日数を要する。だから戦争前に建艦競争が始まるのは当然だが、日中戦争を見てみたまえ、いざ、戦争が始まれば、好むと好まざるにかかわらず日米戦も必ず空の戦いとなる。そして、いざ、戦争となれば、米国は必ず官民を挙げて大量の軍用機を生産してくる。今はまだ〝種まき〟の段階のようにみえるが、それは米国がまだ〝戦争をしていない〟からだ！　いみじくもきみ自身が今、言ったように〝戦艦とはちがって〟軍用機はすぐに大量生産ができる！」

ひと呼吸おいて、山口はさらに続けた。

「戦争開始から一、二年も経てば、太平洋上空は米軍機で埋め尽くされていることだろう。もはやそうなっては手後れだ。そうなる前にわがほうは空母や軍用機の増産にいちはやく乗り出しておく必要がある！　もっと現実をよくみよ！　中国との戦争でさえ日本は軍用機の補充に四苦八苦しておる。もはや戦艦の建造など、年寄りの贅沢でしかない！　米国のような金持ち国家ならいざしらず、わが国にそんな贅沢をしているような余裕は断じてないんだ！」

山口が〝知勇兼ねそなえた武人である〟ということは松田もよく知っている。

ほかの者ならいざ知らず、並外れた統率力の持ち主である山口にこう言われてはさしもの松田も返す言葉がなかった。

が、それでも松田は言い返した。

「しかし、わが帝国海軍将兵は血のにじむような猛訓練を日々くり返しております。第一号艦と第二号艦が戦列に加わり、その暁に艦隊決戦に持ち込めば、米海軍ごときに断じて負けるはずがありません！」

これを聞いて山口は、もはやこの男に〝付ける薬はない！〟と思った。とにかく、どのように説明しようがいっこうに改心する気がなく、松田の戦艦至上主義は下手な一神教の教祖をも凌ぐほどの信念で固く閉ざされていた。

――東郷神社などというものをよろこんで造るから、こういうことになるんだ……。

本来はやりたくないことだが、もはやこうなると、カミナリを落として頭ごなしに押さえ付けるしかない。山口はそれをやった。

「貴様の仕事は情報集めだろう。対米戦略を練ってそれを決めるのは一部・一課の仕事だ！　部外者の余計な口出しは、今後一切無用！　どうしても従えぬというなら、中島知久平のように自分で資金を募って戦艦建造の会社でも造りたまえ。……まあ、そんな勇気はとてもなかろうが、臣民の血税でこれ以上、戦艦を造り続けるようなことは断じてない！」

　むろん山口にもいまだ確証はなかったが、現に大日本帝国が建造する戦艦は、「大和」「武蔵」で最後となるのであった。

　部外者というのは、実際そのとおりで、松田はすごすごと引き下がるしかなかった。いや、あるいは第一部長を当初の予定どおり宇垣纏が務めていたとしたら、このとき軍令部では〝大どんでん返し〟が起きていたかもしれない。

　実際、第一部長の山口少将にすこしでも〝ひるみ〟があれば、松田は第八課長の西田正雄あたりをまず味方にひきいれ、マル四計画を〝もう一度ひっくり返してやろう！〟と狙っていた。

　――とにかくぼや騒ぎでもいいから一旦、火が点けば、それを種火にしてあとは〝宮様〟にお出ましを乞い、事を大きくしてどんどん焚き付けてやろう……。

　けれども今の第一部・第一課には、そのような隙が一切なく、松田の試みは遭えなく〝未遂〟に終わったのである。

4

　年をまたいで予算が成立し、制空母艦の建造は晴れて認められた。

艦政本部・第四部はかねてより制空母艦の設計を急いでおり、昭和一四年の春にはその設計案がおおむねまとまった。

帝龍型（仮称）制空母艦／同型艦三隻

「第一九〇号艦、第一九一号艦、第一九二号艦」

・基準排水量／三万九二〇〇トン
・満載排水量／四万四八〇〇トン
・機関／蒸気タービン（四軸）一六万馬力
・最大速度／時速二九・八ノット
・全長／二七二・六メートル
・全幅／五〇・八メートル
・航続距離／一八ノットで一万三〇〇〇海里
・飛行甲板／装甲九五ミリ鋼板
　　／全長二六九・五メートル
　　／全幅三六・五メートル
・武装／一〇センチ連装高角砲八基・一六門
　　／二五ミリ三連装機銃二四基・七二挺
・搭載機数／従来機（零戦など）約九九機
　　／新型機で最大一四四機を予定

※舷側エレベーター、左舷一基
（長辺二三・六、短辺一一・八メートル）

帝龍型制空母艦の満載排水量は四万五〇〇〇トンちかくに達し、大鳳型装甲空母と同じ一六万馬力の主機を搭載して二九・八ノットの最大速度を発揮する予定となっていた。

日付変更線を越えての進攻作戦を想定した帝龍型は、巡航速度一八ノットで一万三〇〇〇海里の航続力を持ち、飛行甲板には大鳳型と同様に九五ミリ鋼板を張り巡らして五〇〇キログラム爆弾の直撃に耐え得るようにする。

対空兵器も、大鳳型と同様の長砲身一〇センチ高角砲を採用してこれを一六門装備し、二五ミリ機銃の総数も七二挺に達する予定だ。

また、竣工時点での搭載機は現在開発中の一二試艦上戦闘機（零戦）を予定しており、帝龍型は同機を九九機ほど搭載する予定であった。ただし搭載機の本命は一二試艦戦ではなく、航空本部ではすでに「一四試局地艦上戦闘機」の開発に着手しており、この最新型機に本格的な折りたたみ翼を採用して、帝龍型制空母艦の搭載機数を一気に一四四機まで引き上げる計画にしていた。

戦闘機のほかには周知のとおり艦爆の搭載を予定していたが、制空母艦に艦攻を搭載する予定はなく、弾倉庫には魚雷を格納せず、五〇〇キログラム以下の爆弾を通常型空母の約半数に減らして積むことにした。

さらに特筆すべきは司令塔である。煙突と一体化した島型艦橋の内部に厚さ三〇〇ミリの装甲で覆われた司令塔を設けて対八〇〇キログラム爆弾防御とし、同様の司令塔は大鳳型でも採用される計画となっていた。

帝龍型の排水量は空母「加賀」を凌ぎ、全長は二七〇メートルを超えて、完成すれば帝国海軍で最大の航空母艦となる。しかも、舷側エレベーターをはじめとする新機軸がいくつか盛り込まれており、早期の完成をめざして三隻とも、大鳳型に先駆けて建造されることになった。

とくに一番艦となる「第一九〇号艦」の建造を急いで〝制空母艦の運用法を確立しておこう〟というのだが、ちょうどこの六月には翔鶴型空母の一番艦「翔鶴」が横須賀海軍工廠で進水するので建造用の船台が空く。

そして、六月一日に空母「翔鶴」が予定どおり進水式を終えると、同艦が建造されたのとまったく同じ横須賀工廠の「第二船台」に、「第一九〇号艦」の竜骨（キール）がしっかりと据えられたのである。

それは昭和一四年七月五日のことだった。

排水量四万トン級の大艦だが、横須賀「第二船台」は過去に巡洋戦艦「天城（あまぎ）」を起工した実績があり、「第一九〇号艦」を建造するに当たって、拡張工事などをおこなう必要がなかった。

5

制空母艦の建造が始まり、帝国海軍および軍令部はこれでいよいよ〝航空主兵の道〟を邁進してゆくしかなかった。

――飛行機と空母の将来性にすべてを賭け、世界一の航空大国をめざして米国との対決に備えるしかない！

世界一の金持ち国家と本気で対決するには、さしもの軍令部といえども、宿願の大艦巨砲主義をきっぱり捨て去るほかなかったが、八月三〇日に平沼騏一郎内閣が解散に追い込まれて米内光政や山本五十六などが海軍省から身を退くと、日本は坂を転げ落ちるようにして、対米戦への道を突き進んでゆくことになる。

陛下たってのご希望で米内光政が首相となって一時期がんばるも、陸軍の倒閣運動に遭って米内内閣が倒れると、その後ろ盾を失った海軍大臣の吉田善吾（よしだぜんご）（海兵三二期卒で山本五十六と同期）は極度の神経衰弱（一説では自殺未遂）におちいり大臣の座を及川古志郎（おいかわこしろう）に明け渡してしまう。

晴れて海軍大臣となった及川古志郎（海兵三一期卒）は豊田貞次郎（海兵三三期卒）を次官に据えて「日独伊三国同盟」をいともあっさり結んでしまうが、吉田善吾は大臣在任中に、制空母艦の建造だけはきっちりと進めていた。

〔第一九〇号艦〕のちに空母「帝龍」と命名
　横須賀工廠・第二船台にて建造開始
・起工日／昭和一四年七月五日
・進水日／昭和一六年六月予定
・竣工日／昭和一七年六月予定

〔第一九一号艦〕のちに空母「亢龍」と命名
　横須賀工廠・第六船渠にて建造開始
・起工日／昭和一五年五月五日
・進水日／昭和一七年五月予定
・竣工日／昭和一八年五月予定

〔第一九二号艦〕のちに空母「玄龍」と命名
　呉工廠・建造船渠にて建造開始
・起工日／昭和一五年九月一日
・進水日／昭和一七年九月予定
・竣工日／昭和一八年九月予定

一番艦「第一九〇号艦」の建造経緯については周知のとおりだが、横須賀工廠で超大型艦（大和型三番艦）建造用の第六船渠が昭和一五年五月四日に完成すると、吉田はその翌日にはただちに制空母艦・二番艦の建造を命じ、五月五日には「第一九一号艦」が起工された。

こうして横須賀工廠では二隻の制空母艦が併行して建造されることになったが、ちなみに横須賀工廠では史実でも空母「信濃（第六船渠）」と「雲龍（第二船台）」が併行して建造されている。

航空母艦の建造に関してこの時点で横須賀工廠は世界屈指の設備と規模を誇っており、主力空母二隻を併行して建造する、それだけの造船能力を実際に有していた。

加えて昭和一五年八月八日に呉工廠で「第一号艦」が進水し、戦艦「大和」と命名されると、吉田は病で倒れる直前の九月一日に、呉工廠に対して制空母艦・三番艦の建造をも命じ、「第一九二号艦」もまた、滞りなく起工にこぎつけていたのであった。

いっぽうで、マル四計画にて建造が決まった残るもう一隻の空母「第一三〇号艦」は、及川大臣の命によって昭和一六年に入ってから、空母「瑞鶴」を進水させた、神戸川崎造船所で起工されるはこびとなっていた。

〔第一三〇号艦〕のちに空母「大鳳」と命名
　神戸川崎造船所・第四船台にて建造開始
・起工日／昭和一六年七月一〇日
・進水日／昭和一八年四月予定
・竣工日／昭和一九年三月予定

はたして「第一三〇号艦」の建造開始が、ほかの三空母よりかなり後れたのにはそれなりの理由がある。昭和一五年一一月一五日には出師準備作業の「第一着作業」が発令されて、民間の神戸川崎造船所と長崎三菱造船所では、のちに空母「飛鷹」「隼鷹」として竣工する貨客船「橿原丸（かしはらまる）」「出雲丸（いずもまる）」の改造工事が優先されることになった。

さらには、長崎で建造中の戦艦「武蔵」よりも神戸で建造中の空母「瑞鶴」のほうが、一年ほど早く進水式を終えていた。

そのため第四の空母「第一三〇号艦」は、先に船台の空いた神戸で、改造空母「飛鷹」が進水式を終えるのを待ってから起工されることになったのである。

昭和一五年九月二七日に「日独伊三国同盟」が締結されると、日本と米・英との対立はいかにも決定的となった。

海軍次官を退任後、連合艦隊司令長官となっていた山本五十六は昭和一五年一一月一五日付けで大将に昇進、伏見宮博恭王から「連合艦隊長官はお前が続けよ！」と言い渡されており、連合艦隊を〝航空主兵〟の方針でまとめて対米戦の覚悟を決めざるをえなかった。

——マル四計画の大型空母四隻は、是が非でも完成させなければならない！

そう考えた山本は、いまだ大臣に在任中だった同期の吉田に依頼して、みずからの女房役となる連合艦隊参謀長に宇垣纏をもらい受けた。

昭和一五年一一月一五日付けで山口多聞が第一連合航空隊（中国戦線）司令官に転出すると、山本は、軍令部から大艦巨砲主義者を遠ざけるために後任の軍令部・第一部長には福留繁（昭和一四年一一月一五日付けで少将に昇進）を充て、連合艦隊参謀長に宇垣を引き抜いたのだった。

比較的柔軟な考えを持つ福留は漸減邀撃作戦にこだわることなく〝四空母〟の建造に同意。逆に山本は宇垣をみずからの懐へ入れて、大艦巨砲主義の〝権化のようなこの男〟に〝航空の重要性を説いてやろう〟としたのであった。

用兵思想の違いこそあれ、じつのところ宇垣は山本五十六のことを尊敬していた。

山本が大将になることはもはや確実であり、なにより軍用機の進歩はいちじるしい。そのことは宇垣も認めざるをえず、航空の重要性にいちはやく目を付けた〝この巨人〟には、さしもの宇垣も首を垂れるしかなかった。

山本はあくまで〝宇垣のことを見込んで参謀長に抜擢したのだ〟という体裁を取り、その姿勢に宇垣が感動した、ということもある。

——そうか……、腹心の女房役にしてまで私のことを買ってくれる、というのなら〝この人〟にとことん尽くしてみるしかない！

宇垣はそう改心し、このあと航空主兵の考えを徐々に受け容れてゆくことになる。

こうして帝国海軍が航空主兵思想でまとまりつつあるのはよかったが、六月にもなると、もはや対米戦は避けがたい状況となっていた。

昭和一六年六月二二日には「独ソ戦」が勃発して、ソ連を連合国側へ引き入れることに成功したルーズベルト大統領はこれでひそかに日・独との戦争を決意した。

そしてちょうど、その一週間後の六月二九日に制空母艦の一番艦となる「帝龍」が横須賀海軍工廠で進水。同艦の命名に当たって〝帝龍〟という候補名をご覧になった陛下は、めずらしくも首をかしげられた。

「……〝帝〟龍というのはすこし仰々しいのではないか……」

するると、漢籍に明るい海軍大臣の及川古志郎は「おそれ多いことでございますが」と前置きした上で、みずからの帳面に〝帝、亢、玄〟と三つの漢字を記して陛下にご覧に入れ、恐るおそる申し上げた。

「これら三空母は、出来ますれば〝なべぶた〟で名を統一したい、と存じております」

もとより、艦の名前などでいちいち目くじらをお立てになるような陛下ではない。なにやら釈然としない理由ではあるが、なるほど字面はいかにも〝強そう〟ではある。及川の説明に陛下は妙に納得され、制空母艦の一番艦は晴れて「帝龍」と命名されたのだった。

いっぽうで四月には、世界初の空母機動部隊となる「第一航空艦隊」が創設され、その司令長官に南雲忠一中将が就任していた。同じくその指揮下に在る第二航空戦隊（空母「蒼龍」「飛龍」）の司令官には山口多聞少将が昨年一一月に就任しており、一〇月にはマル三計画で建造された新鋭空母「翔鶴」「瑞鶴」も編入されて、第一航空艦隊の指揮下へ加わることになる。

また、同じく四月の組織改編で伏見宮博恭王はついに軍令部総長の座を永野修身大将（海兵二八期卒）に禅譲し、総長となった永野は軍令部次長の近藤信竹（海兵三五期卒）と画策して「南部仏印進駐」を強行。これで日本はいよいよ後戻りのできない状況に追い込まれた。

七月二八日に日本軍が南部仏印進駐を強行すると、ルーズベルト大統領は即座に対日・石油輸出の〝全面禁止〟という報復措置にうって出、石油と鉄を止められた日本は、これでいよいよ武力にうったえて、南方資源地帯を自力で奪い取るしかなくなったのである。

幸い（？）にも帝国海軍の戦力はことのほか充実していた。空母「翔鶴」「瑞鶴」が竣工し、年内には未曽有の巨大戦艦「大和」も竣工する目処が立っていた。

――やはり大井篤の予感は的中した！

頼みの米内光政大将は首相に就任した時点でみずからを予備役へ編入しており、艦隊をあずかる山本五十六や井上成美は、もはや対米戦の覚悟を肚(はら)に据えるしかなかった。

中将に昇進した井上は第四艦隊司令長官としてトラック基地へ赴任しており、中佐に昇進した大井篤は海軍省人事局・第一課の先任局員となっていた。

およそ三年前に建造を決めた三隻の制空母艦は工事が着々と進んでいる。

今さら後戻りはできない。大日本帝国はまもなく運命の日・昭和一六年〝一二月八日〟を迎えることになる。

第四章　連合艦隊新司令部

1

樋端久利雄は中佐昇進後、昭和一六年四月一五日付けで連合艦隊航空参謀に就任、宇垣参謀長のいわば航空指南役となっていた。

「空母などと比べて、戦艦の防御力ははるかに優れておりますが、これからは個艦の防御力よりも上空を護る戦闘機の数がものを言うようになるでしょう」

樋端からこう聞かされても宇垣はまるでピンとこなかったが、開戦後まもなくして、そのことが実証された。

主力空母六隻を擁する南雲機動部隊が「真珠湾奇襲」に成功して四隻の米戦艦をあっという間に轟沈、さらにはシンガポールから出撃した英戦艦二隻を帝国海軍陸攻隊がものの見事に二隻とも撃沈してみせて、上空に〝護衛戦闘機のいない戦艦は航空攻撃に対していかに無力か〟ということが開戦直後に証明された。

とくにシンガポールに進出していた英戦艦「プリンス・オブ・ウェールズ」は、軍縮条約明け後に建造された新鋭艦であるだけに防御力が優れており、これがわずか二時間足らずの航空攻撃で海の藻屑と化してしまったのには、さすがの宇垣も驚きの色を隠せなかった。

――なるほど、開戦前に樋端がしきりに言っていたのはこのことか……。戦艦の時代はたしかに終わったのかもしれない……。

味方戦闘機の護衛もなく戦艦を出撃させるのはもはや自殺行為にちがいなく、そのことは宇垣も認めざるをえなかった。

とにかく空母の護衛がなければ戦艦は出撃することさえままならないが、むろん空母は、戦艦の護衛がなくても出撃できるのだ。

そのことを樋端が具体的に説明した。

「必要とあらば空母は一〇機以上の索敵機を飛ばせますが、戦艦が出せる索敵機はせいぜい二、三機です。これでは周辺洋上をくまなく捜索することができず、戦艦は敵空母から先に発見されてしまい、一方的な空襲にさらされるばかりです。戦艦には空母の護衛が欠かせません」

「……ですから、実際の戦闘はまず空母同士の戦いとなり、それに勝利したほうが制空権を握って敵戦艦の自由をも奪うのです。空母同士の戦いで味方が敗北すれば、もはやその時点で戦艦の出る幕はありません」

口をつないで樋端がそう言及すると、宇垣は力なく何度もうなずいた。

敵空母が健在であるかぎり、戦艦は自由に作戦することができない。味方空母が勝利をおさめてはじめて戦艦は作戦可能となるのだ。

だから空母戦の決着が付くまで、戦艦は空母の護衛役に徹するしかないが、最大速力二五ノットそこそこの戦艦が空母の速力に合わせて作戦すると大量の重油を消費してしまう。作戦中の空母部隊には、速力〝二五ノットを必要とする場面〟が頻繁におとずれる。発進作業時などだ。

それは戦艦の速力の〝ほぼいっぱい〟で大量の重油を消費してしまうため、恒常的に重油不足の不安を抱えている連合艦隊としては、高速の金剛型戦艦ぐらいしか空母の護衛に付けてやることができない。

現に、南雲部隊麾下の空母六隻は南方資源地帯の攻略やラバウルの攻略支援などに走りまわっているが、内地から出撃している戦艦は金剛型の四隻のみであり、それ以外の戦艦「長門」「陸奥」「伊勢」「日向」「扶桑」「山城」は重油節約のため、瀬戸内海で〝髀肉之嘆〟をかこっていた。

第二次大戦では、航空制圧後に地上部隊を送り込んで敵地を占領する、という戦術が攻略作戦の鉄則になっており、とくに島嶼基地の奪い合いとなる太平洋では、空母の存在がことのほかものを言うことになる。

――マル四計画で空母をできるだけ造っておいてよかった……。

開戦直後から〝空母機動部隊の威力〟というものを嫌というほど見せ付けられ、さしもの宇垣も戦艦に対する幻想をかなぐり捨て、もはや〝航空主兵の時代が到来したのだ……〟と達観せざるをえなかった。

2

主力空母六隻「赤城」「加賀」「蒼龍」「飛龍」「翔鶴」「瑞鶴」を擁する南雲機動部隊はまさに向かうところ〝敵なし！〟の状態で、ハワイ作戦後も日付変更線以西の太平洋を荒らしまわり、帝国陸海軍が計画していた「第一段作戦」の完遂に大きく貢献した。

懸念されたシンガポール攻略も二月中旬に片付き、昭和一七年三月いっぱいで日本軍は南方資源地帯のほぼ全域を占領。当初は〝六ヵ月程度は掛かるかもしれない……〟と思われていた第一段作戦を早急に終えることができたのは南雲部隊の活躍があってのことだった。

——この戦争は〝空母〟だ！

帝国海軍のだれもが、もはやそう信じて疑わなかった。

最大の懸案事項であった〝石油の獲得〟に成功したのはよかったが、帝国海軍はこれでようやくはじめて土俵の上へあがり〝四股(しこ)を踏める状態になった〟のにすぎない。米海軍を相手にした本格的な〝立ち合い〟はこれからだし、今や日本の補給線は遠く南方へ伸びていたので、戦いはとてもひとすじ縄でいきそうになかった。

連合軍側からみれば、日本軍の急所はいくつもある。

ウェークを貫いてエニウェトクを奪えばマーシャルを孤立させることができるし、マーシャルやギルバートを直接突くという手もある。また、ラバウルを突いてこれを奪還すれば、日本海軍の足元・トラックに火が点く。さらには、日本軍の守備が手薄なジャワ島の南岸あたりに上陸して、飛行場を設ければ、日本本土へ石油を運ぼうとするタンカーを空襲することもできる。

日本側はこれらの地点をいちいち護る必要があり、どうしても兵力の分散を強いられる。攻撃側は時と場所を選べるが、連合艦隊にはそれができず、兵力の分散を余儀なくされるのだ。

それを見透かしたようにして、米軍機動部隊はさかんに牽制攻撃を仕掛けて来た。

二月から三月に掛けて、米太平洋艦隊は使用可能な三隻の空母「レキシントン」「エンタープライズ」「ヨークタウン」を駆使してマーシャル、ギルバート、ラバウル、ウェーク、南鳥島などに次々とヒット・エンド・ラン攻撃を仕掛け、日本の守備兵力を〝徹底的に分散させてやろう〟と攪乱して来た。

一過性の攻撃のため大事にはいたらず、第一段作戦を成功裏に終えることはできたが、とにかく米空母にこう動きまわられると、連合艦隊は夜も安心して眠れない。

——やはり空母だ！　米空母の動きをぜひとも封じる必要がある！

宇垣もそう思ったが、にっくき敵はなにも米空母だけではない。インド洋では英空母が動き出した気配もあった。

昭和一五年一月に連合艦隊参謀長となってから二年以上が経ち、宇垣も、もはやすっかり空母の重要性を自覚するようになっていた。

——宇垣をもらい受けて早、二年か……。

ここが節目とみた山本は、第二段作戦の策定に当たり、そろそろ宇垣を代えることにした。そして、宇垣自身のためにも航空戦の経験を積ませておく必要があった。

第一段作戦は執るべき方針が否応なく決まっていたが、第二段作戦では〝いかなる方針を執るのか〟ということが、今後の戦局を大きく左右することになる。

——ここは道をまちがえるわけにはいかん！

そう考えた山本は、航空に〝精通している〟とはいえない宇垣に代えて〝真に頼りになる者〟を参謀長に据えることにした。

山口多聞である。

参謀長をお役御免となった宇垣は、昭和一七年三月二〇日に第一一航空艦隊（基地航空隊）司令部付きとなり、次いで四月には第二六航空戦隊の司令官に就任することになる。第二六航空戦隊は内地で半年ほど訓練をおこない、年内にラバウルへ進出する予定となっていた。

まずは基地航空隊の指揮を経験させておき、そのあと本格的に空母部隊などの司令官に登用するというのが、畑違いの者を航空の道へ転進させるときの常道となっていた。

宇垣が連合艦隊を離れるに当たり、樋端は心づくしの進言をおこなった。

「最も重要なのは戦闘機です。ウェーク島ではわずかなグラマンにわが攻略部隊が苦しめられ、ラバウルでは攻撃に向かった陸攻一七機が『レキシントン』発進のグラマンから反撃を受けて〝一五機を失う〟という大損害を被りました。英戦艦二隻を屠ったわが陸攻隊ですから、もし敵戦闘機の迎撃がなければ『レキシントン』にも二、三発の命中弾をあたえて撃破していたはずですが、グラマンの迎撃網はさすがに突破できず、戦闘機の護衛がない、わが陸攻隊は全滅にちかい損害を出す結果となったのです」

こうした戦訓は、第一段作戦〝成功！〟の陰にかくれて見過ごされがちだったが、樋端はさすがによくみており、これは示唆に富んだ進言にちがいなかった。

いうまでもなく「レキシントン」よりも「プリンス・オブ・ウェールズ」の防御力のほうが格段に優れている。だが、個艦の防御力とは関係なく護衛戦闘機の有無が両艦の運命を分けた。

空母「レキシントン」は脆弱（ぜいじゃく）だが、戦闘機の護衛があったおかげでかすり傷ひとつ負わなかったのに対して、いかに強靭な戦艦「プリンス・オブ・ウェールズ」といえども戦闘機の護衛がなければあっさり沈められてしまうのだ。

連合艦隊の旗艦はすでに戦艦「長門」から巨大戦艦「大和」に交代していた。樋端の口調は相変わらずぶっきらぼうだが、一年ちかく寝食をともにしたことで、宇垣には、自分のことを思いやる樋端の気持ちがよくわかった。

「うむ。大事なのは戦闘機だな。……肝に銘じておこう」

宇垣にかぎらず帝国海軍全体に航空主兵主義が浸透してゆくのはよかったが、ここが肝心、問題は第二段作戦以降の戦い方を〝どうするのか〟ということだった。

三月二〇日付けで連合艦隊参謀長には山口多聞少将が就任し、第二航空戦隊司令官には海兵三九期卒業の山縣正郷（やまがたまさくに）少将が就任して空母「飛龍」「蒼龍」を率いることになった。

山縣は、空母戦隊を率いるのはこれがはじめてだが、これまでに空母「鳳翔（ほうしょう）」艦長、第三連合航空隊司令官、航空本部・総務部長などを歴任しており、航空畑での経験は充分で五月には中将への昇進が約束されていた。

かたや、連合艦隊参謀長となった山口は、この二年余りのあいだに第一連合航空隊司令官、第二航空戦隊司令官を歴任、空母「蒼龍」「飛龍」を率いて参加した「真珠湾攻撃」や「ウェーク島空襲作戦」などで赫々（かくかく）たる戦果を挙げており、もはや押しも押されもせぬ帝国海軍航空戦の第一人者となっていた。

参謀長に山口多聞を迎え入れ、山本五十六大将の連合艦隊司令部は航空主兵で戦うにふさわしい多士済々の顔ぶれとなっていた。

連合艦隊司令部／昭和一七年三月二一日現在

司令長官　山本五十六大将32
・参謀長　山口多聞少将40
・首席参謀　黒島亀人大佐44
・作戦参謀　三和義勇大佐48
・政務参謀　藤井茂中佐49
・航空参謀　樋端久利雄中佐51
・通信参謀　和田雄四郎中佐51
・航海参謀　永田茂中佐51
・戦務参謀　渡辺安次中佐51
・水雷参謀　有馬高泰中佐52
※人名後の数字は海兵卒業年次

山口参謀長の戦歴はいうにおよばず作戦参謀の三和義勇大佐も航空が専門だ。そして航空参謀の樋端久利雄中佐は文字どおり、航空戦のあらゆる事項に精通していた。

作戦方針は主としてこの三名で決め、首席参謀の黒島亀人大佐が各々の担当と子細を詰めながら計画の具体案を作成する。黒島はほとんど部屋にこもりっきりのため、戦務参謀の渡辺安次中佐が各参謀との橋渡し役を買って出ていた。

連合艦隊司令部の方針ははっきりしていた。

第一段作戦で産油地の確保に成功したからには次にめざすべきはハワイの占領だった。米英軍が本格的な反攻に乗り出す、その前にハワイを取りたいところだが、それに必要な〝コマ〟がいまだそろっていなかった。

必要な〝コマ〟とはいうまでもなく制空母艦のことである。

三隻の完成がじつに待ち遠しいが、それらが完成するまでは、米英の空母を誘い出し〝一隻ずつ沈めてゆくような計画〟を第二段作戦として練らざるをえない。

山口が「大和」司令部へ着任する前に「インド洋作戦」はすでに決定されており、主力空母五隻を擁する（空母「加賀」欠）南雲機動部隊はセイロン島沖をめざしてもはや行動を開始していた。

シンガポールを要とするマラッカ海峡は日本の一大急所であり、ここを英空母に突かれると、石油の輸送もままならない。むろん主敵はハワイの米艦隊だが、連合艦隊は後顧の憂いなく東征するために、まずはインド洋から〝英空母を一掃しておく必要がある！〟と考えたのだ。


石油がなくては戦ができない。不安の種である英空母を〝早めに摘み取っておこう〟というのだが、それが終われば、南雲機動部隊をすみやかに東へ転じる必要がある。

再度ハワイを突きたいのは山々だが、その前にどうしてもやるべきことがあり、山口は着任早々それを口にした。

「ポートモレスビーは是が非でも確保する必要がある！」

五月に実施予定の「ポートモレスビー攻略作戦」には主力空母二隻が動員される計画となっていたが、山口はそれを問題視した。

「二隻などとケチくさいことをいわず、南雲機動部隊の全力でもってポートモレスビーを落としに掛かるべきだろう」

立案者の黒島は当然これに反論した。

「六月にはミッドウェイをやります。そのためには機材や搭乗員の補充が必要で、一、二航戦を出すわけにはまいりません」

黒島の計画では、空母「翔鶴」「瑞鶴」でポートモレスビーを攻撃し、残る空母「赤城」「加賀」「飛龍」「蒼龍」をミッドウェイ作戦にそなえて温存することになっていた。

「長官はすでに、ご承知になったのか⁉」

山口がそう凄んでみせると、黒島は目をまるくして答えた。

「……いえ。長官は、参謀長の許可を得るようにと、申されました」

山本がそう言うのは当然だった。これまでは航空戦に不慣れな宇垣が参謀長をしており、計画案が、宇垣のところを素通りすることもよくあったが、今度は山口だからそうはいかない。

たとえ長官が許可済みであったとしても、山口は計画を白紙にもどすつもりでいた。

「そう焦ってミッドウェイを取りにいく必要はない。ミッドウェイをやるのはハワイ攻略の直前で充分だ！　……長官には、私からそう申し上げておく！」

首席参謀以下の幕僚は参謀長を支えるのが役目だから、そもそも黒島が山本長官と直接やりとりしていること自体がおかしいのだ。

本来、長官とやりとりするのは参謀長一人と決められており、着任早々ということもあって山口はその原則を貫こうとした。が、そこのところは山本長官のほうがよく心得ていたわけである。

山口の気迫に圧されて、黒島はすごすごと引き下がるしかなかったが、実際に山本長官と話してみると、事はそう単純ではなかった。

黒島ばかりが悪いわけではなく、実際には、山本長官自身もミッドウェイの早期攻略を望まれている、ということがわかった。

「そうですか……。しかし長官、ラバウルを扇の要とするためにも、ポートモレスビーにはやはりわが機動部隊の全兵力を傾注し、早めに攻略しておくべきです」

事前に幕僚と相談したところ航空参謀の樋端がポートモレスビーは〝敵機の一大巣窟(そうくつ)になりかねない〟と指摘したので、山口はポートモレスビーの攻略をことのほか重視していた。

「だが、米空母が出て来る可能性はあるかね？」

「私は〝ある〟とみます！」

山口がそう言い切ると、山本は「米軍を決して侮るな！」とみなに言い聞かせていた手前、口をすぼめながらもうなずいた。

「ふむ……、わかった。ほかでもないきみがそう言うのなら、まずは『ポートモレスビー作戦』に全力を傾注しよう」

こうして長官の同意を一旦、得たのはよかったが、やはり米海軍はすこぶる強かで、太平洋艦隊司令長官のチェスター・W・ニミッツ大将は、決して山口の思いどおりにはさせてくれなかったのである。

第五章　東京空襲と「帝龍」

1

四月に入っても南雲機動部隊の勢いはとどまるところを知らない。

セイロン島のコロンボとトリンコマリーを相次いで空襲した南雲部隊の艦載機は、返す刀で洋上行動中の軽空母「ハーミズ」と重巡「ドーセットシャー」「コンウォール」の三隻を見事に撃沈、インド洋でも凱歌を挙げた。

英東洋艦隊司令長官のジェイムズ・F・ソマヴィル大将が温存策を採って徹底的に戦いを避けたため、意中のイラストリアス級空母は残念ながら取り逃したが、これら三艦の喪失は英海軍に大きな衝撃をあたえた。

とくに二隻の重巡は速力三〇ノット以上を発揮できる快速艦のため、撃沈するのはそう簡単ではないはずだったが、帝国海軍の降下爆撃隊はそれをわずか二〇分ほどの攻撃でものの見事に二隻とも沈めてしまい、このとき新たに〝轟沈〟という言葉が生まれたほどだった。

山縣正郷少将が率いる第二航空戦隊・空母「飛龍」「蒼龍」の降下爆撃隊は二隻の英重巡に対して五二発の二五〇キログラム爆弾を投下、そのうち四六発を命中させて八八パーセントもの命中率を挙げた。

重巡を沈めるにはおよそ雷撃が必要で、破壊力に欠ける二五〇キログラム爆弾では〝撃沈するのは無理ではないか〟とみられていたが、それぞれ二〇発以上もの爆弾を喰らった「ドーセットシャー」と「コンウォール」は、艦が原型をとどめぬほど破壊され、まさに海の藻屑となってあっという間に轟沈していったのだった。

戦艦「プリンス・オブ・ウェールズ」の喪失以来、ウィンストン・L・S・チャーチル首相は本大戦中、二度目となる大きな衝撃を受け、側近に思わずもらした。

「日本の海軍航空隊はじつにおそろしい。……最初は雷撃、今度は急降下爆撃というまったく別の攻撃方法で二隻の大切な重巡が沈められた！　ドイツ、イタリア空軍を相手にした地中海でこんなことは一切、起こっていない」

独伊空軍のみならず英空軍にもこれほどの実力はなく、日本海軍の攻撃機が待ち受ける東インド洋へ虎の子のイラストリアス級空母や戦艦などを進入させるのは、どう考えても危険極まりないにちがいなかった。

イギリス海軍の航空母艦は総じて搭載機数が少なく、その搭載する空軍機も、攻撃機はいかにも旧式であり、戦闘機も日本軍のゼロ戦などに歯が立たないことがはっきりとしてきた。

イギリス海軍はこれ以降アメリカ海軍の協力を得て、ワイルドキャット戦闘機やアヴェンジャー雷撃機などをイラストリアス級空母などにも搭載してゆくことになるが、それはまだ先のこと。ソマヴィル提督が麾下艦隊をマダガスカル方面まで撤退させると、チャーチル首相もさすがにこれを追認せざるをえなかった。

沈めた敵艦が〝軽空母一隻と重巡二隻〟というのは赫々たる戦果とまではいえなかったが、うるさい英東洋艦隊を東インド洋から退け、南雲機動部隊は「インド洋作戦」で一定の成果をおさめたといってよかった。

——英艦隊が出て来るようなことは当面のあいだあるまい……。これで主敵・米艦隊との戦いに連合艦隊の主力を注ぎ込める！

山本大将をはじめ、連合艦隊司令部のだれもがそう確信したが、現にイギリス東洋艦隊はその後一貫して安全策を採り続け、ドイツとの戦いがひと段落する一九四四年ごろまでは鳴りをひそめることになる。

ところが〝次はポートモレスビーだ！〟と、みながねじを巻いていたところへ、思わぬ横やりが入ることになった。

2

本土東方海域の哨戒線上で配置に就いていた特別監視船「第二三日東丸（にっとうまる）」から〝敵空母二隻、駆逐艦三隻見ゆ！〟との通報が入ったのは四月一八日・午前六時三〇分のことだった。

通報を受けて帝国海軍はただちに『警戒を厳にせよ！』との警報を発したが、敵艦隊の発見位置が本土よりいまだ六五〇海里以上も東方へ離れていたことから、連合艦隊司令部は〝敵機の空襲は翌日（四月一九日）早朝になる！〟と判断、各級司令部にそのむねを通達した。

米空母艦載機の攻撃半径は〝およそ二〇〇海里程度！〟と予想されたので、この判断には一定の合理性があった。

ところが、房総半島沖から西進しつつあった米空母「ホーネット」はなんと陸軍のB25爆撃機を搭載しており、ウィリアム・F・ハルゼー中将が座乗する空母「エンタープライズ」は通常の艦載機を搭載して、「ホーネット」の護衛に徹していたのだった。

ハルゼー中将の判断はすばやかった。

日本の監視船に発見されたことを悟ったハルゼー中将は、「第二三日東丸」をふくむ日本の監視船五隻を「エンタープライズ」発進のドーントレス爆撃機や随伴する巡洋艦などの砲爆撃でまず血祭りに挙げ、予定時刻を七時間ほど繰り上げて午前八時一五分に「ホーネット」から一六機のB25爆撃機を発進させた。本来は東京などに対して夜間爆撃をおこなう計画だったが、それを急遽、昼間爆撃に切り替えたのだ。

そのため、ジェイムズ・H・ドーリットル中佐が直率する一六機のB25爆撃機は、計画された発進地点より一五〇海里も遠方から飛び立つことになったが、発進開始からおよそ一時間後の午前九時一六分には、全一六機が見事「ホーネット」からの発進に成功した。

全機〝発艦成功！〟の知らせを受けて、隊長のドーリットル中佐は威勢よく〝よし！〟と大きくうなずいたが、もはや爆撃隊は「ホーネット」へもどることができない。東京などを爆撃したあとは日本の上空を飛び越えて、はるか中国浙江省の麗水飛行場をめざしてさらに一四〇〇海里以上もの距離を飛び続けなければならなかった。

総飛行距離は二〇〇〇海里以上に及ぶため、B25爆撃機はガソリン・タンクを増設するなどして改造され、搭載爆弾も四発に制限していた。

一六機とも軍需工場などを攻撃目標とし五〇〇ポンド（二二七キログラム）爆弾四発ずつの搭載で我慢していたが、四発のうちの一発は焼夷弾であった。

各機の攻撃地はあらかじめ決められており、東京へ向かうものが一〇機、横浜と名古屋へ向かうものが二機ずつ、そして、横須賀と神戸へ向かうものが一機ずつとなっていた。

明け方にはどんよりと曇っていた空が、次第に晴れてきた。

一三番手で「ホーネット」から午前九時二分に飛び立ったマケルロイ機は陽光を背に浴びながらぐんぐん上昇してゆく。

機長のエドガー・E・マケルロイ中尉は、天気が回復しつつあることを感じ、あらためて気合を入れなおした。

——よーし！　日本までひとっ飛びだ！

めざす目的地は横須賀だ。ドーリットル隊長をはじめ、多くの者が東京を目的地に選んだが、マケルロイは真っ先に手を上げて「ヨコスカ！」と申し出た。

日本本土に〝爆撃をおこなう！〟ということは出撃前に知らされたばかりだったが、仲のいい海軍の友だちから以前に〝大きな軍港がある！〟と聞かされていた。

おそらく多くの者が〝東京〟のことは知っていても〝横須賀〟のことは知らなかったのにちがいない。全員が陸軍のパイロットだった。

——東京にちかい日本屈指の軍港だから、ひょっとしたら戦艦や空母などの大物が碇泊しているかもしれない！

そう考えたのはかれ独りにちがいなかった。

作戦計画で横須賀へ向かうのは〝一機だけ〟と決められていたが、実際マケルロイは最適任者にちがいなかった。かれは「日本海海戦」の栄誉をになった戦艦「三笠」が記念艦として展示されていることを知っており、横須賀のくわしい地図をドーリットル中佐から手渡されると、真っ先にその場所を確認して指でおさえた。

――よし、ここだ！　ここ（「三笠」の上空）から西へ突っ切ってゆけば、軍港の中央を突破してゆける！

日本海軍の軍港だから、最近とみに呼び声の高いゼロ戦の迎撃などに出くわしてもおかしくないはずだが、かれ自身はそのようなことをいっこう に気にしていなかった。マケルロイはむしろ、横須賀のことを教えてくれた海軍の友人に感謝していたぐらいだった。

しかし、これは命懸けの任務にちがいなく、ガソリン・タンクに穴を開けられた、それだけでも生還はほぼ絶望的となる。

その場合はソ連領（沿海州）に機を退避させるという手もあるが、マケルロイは適当な目標物を選んで〝突っ込んでやる！〟と、とっくに覚悟を決めていた。

まったく命知らずのヤンキーだが、それはなにも機長のマケルロイだけではない。副操縦士のリチャード・ノブロッホも航海士のクレイトン・キャンベルも爆撃手のロバート・ブールジュも機関士・兼機銃手のアダム・ウィリアムズも命懸けの覚悟をすでに決めていた。事前に〝最大級に危険な任務だ！〟と念を押された上で志願して来たのだから、五名とも救いようのない命知らずだった。

当然だが、もはや後戻りはできない。B25で空母へ着艦するのは断じて不可能だし、ハルゼー提督の「エンタープライズ」や「ホーネット」などは、アメリカ西海岸の基地へ向けてすでに退避し始めていた。見様によっては〝ハシゴを外された〟ような格好〟ともいえるが、それを承知の上での出撃だった。

五名の命知らずは今や心をひとつにし、ただひたすらに任務の遂行だけを願って飛んでいた。じつに見上げた根性だが、その目的を達成するには愛機を大胆かつ慎重に、日本本土へ近づけてゆく必要がある。

これまではガソリンを節約するために巡航高度で飛び続けていたが、発進からおよそ三時間後にマケルロイは飛行高度を一気に五〇フィート（約一五メートル）まで下げた。

日本側のレーダー探知を避けるためだが、ここまで高度を下げると、左右のプロペラが海面に接触しそうなほどだった。

マケルロイはしがみつくようにして、操縦桿をしっかりと握る。波のうねりが近く、いつもより余計にスピードを感じた。

フロントガラスに時折、水しぶきが吹き上げて来る。危険な反面、なにやら爽快でもあり、合衆国全体の強い意志と精神力がマケルロイ機を押し進めているかのようにさえ感じた。

訓練は充分で、恐怖は感じない。ただし本当に任務を達成できるかどうか、その不安だけが常に付きまとっていた。

それから半時ほどすると、日本へ確実に接近していることがわかった。海上にちらほらと日本の漁船が見えてきたのだ。

どれも切迫するほどの近さではないが、注意が必要だ。マケルロイは厳重に周囲を警戒するようみなに促し、すこし高度を上げた。

するとそれからしばらくしてついに海岸線らしき陸地が見えてきた。

――やっ、日本だ……。あれは日本の本州東岸にちがいない！

だれもがそう直感したが、かれらが目にしたのは水戸ちかく茨城県の海岸線だった。

そう思うや、ウィリアムズが上部の銃座にすばやく機銃を据え、キャンベルも機首の銃座に取り付いた。機はなおも直進している。

あっという間に海岸線を過ぎると、そこは田園地帯で、見上げる人々が畑仕事を止めてしきりに手を振ってきた。それを見て、五人ともが、目をまるくして驚いた。

地上の人々はなにか勘違いしているのにちがいないが、そのとき、キャンベルが進言した。

「マック、北に六〇海里ほど行き過ぎているようだ！　はっきりとはわからないが、針路が右へずれているように思う」

もはや、キャンベルの進言を疑う余地などなかった。マケルロイは九〇度左へ旋回して海の方へもどり、海岸線に沿って南下し始めた。そして周囲の様子をしっかり確認するために、高度六〇〇メートルまで上昇した。

時刻は午後一時二五分になろうとしている。それから一〇分ほど南へ飛び続けると、右手にひときわ大きな湾が見えてきた。

東京湾だった。近づくにつれて、そのかたちがはっきりと見えてきたが、そのころにはもう、敵の対空砲が火を噴き始めていた。

その上空をおかしてさらに南下、湾入り口・水道（浦賀水道）の上空へ達するや、マケルロイは西へ向けて愛機を旋回させながら、高度を再び海面ちかくまで下げた。

はたして、西へ定針してまもなく、その行く手に横須賀の街区が見えてきた。めざす海軍基地ももはや指呼の間に迫っている。

このとき、館山の城山砲台や横須賀の小原台砲台などの防空施設が、高射砲や機銃による迎撃をおこなっていたが、マケルロイ機はそれら砲火をかわしながら、三浦半島・観音崎方面から進入を開始していたのだった。

マケルロイ機の速度はもはや時速二〇〇ノットを越えている。副操縦士のノブロッホがちらっと右（北）へ眼をやると、東京上空にはすでに煙が昇っていた。

東京へ向かった隊長機などは、とっくに爆撃を開始していたのだ。

水道の上空を高速で突っ切るや、マケルロイは敢然と命じ、声を張り上げた。

「戦闘準備！　ゆくぞ！」

掛け声とともに高度を四〇〇メートルまで引き上げ、爆弾倉を開けた。

「準備、オーケー！」

ブールジュがそう応じると、マケルロイはさらに機速を二三〇ノットまで上げた。

めざす軍港が大きく迫って来る。が、それとともに撃ち上げられる弾幕がより激しさを増し、マケルロイ機はぶるぶると震えた。

その直後、キャンベルが記念館「三笠」を眼下に見つけ出して指差した。

「あそこだ！」

マケルロイが即座に応じ、機は爆撃コースへ進入、西北西（微南）へ向けていよいよ直進を開始した。またたく間に目印の「三笠」を飛び越えて軍港上空へと進入してゆく。

軍需工場やガントリークレーン、ドライドックなどが次々とみなの眼に映り、ブールジュが照準器をのぞきながら〝ここぞ！〟とばかりに号令を発した。

「……爆弾投下、開始！」

対空砲火はますます激しさを増すが、それをかき消すようにして投下した爆弾が次々と炸裂。すると次の瞬間、キャンベルが前方を指差し、唾を飛ばしながらこれ以上ないほどの大声でブールジュに通報した。

「右前方に、巨大な空母がいるぞ！　見たこともないような大きさだっ！」

キャンベルが指差したのはまぎれもない、前年六月に進水していた「帝龍」だった。

制空母艦の一番艦として第二船台から進水していた「帝龍」は、第五ドックの北側に在る埠頭へ移されて、今、艤装工事の最終段階を迎えようとしていたのである。

六月には竣工する予定だが、「帝龍」はもはやほぼ空母として完成しており、飛行甲板や艦橋などの取り付け工事も終わっていた。いや、建造中の空母はなにも「帝龍」だけではない。

このとき、第五ドックのすぐ手前（南東側）に在る第四ドックでは、空母へ改造中の「大鯨（龍鳳）」が入渠しており、そこから北北東へ七〇〇メートルほど離れた新設の第六ドックでは、制空母艦の二番艦となる「亢龍」も建造され、「亢龍」もまた一ヵ月後には進水しようとしていた。

四月一八日現在で横須賀工廠には改造中の軽空母一隻と新造の制空母艦が二隻も存在したわけだが、第六ドックは北へすこし離れており、マケルロイ機も二番艦の「亢龍」を爆撃するのはもはや不可能だった。

けれども、第四ドック内の「大鯨」と埠頭で艤装中の「帝龍」は不運にも、マケルロイ機が飛ぶ爆撃コースのほぼ真下に位置していた。

はたして、同機が投じた五〇〇ポンド通常爆弾の一発目は横須賀鎮守府の裏手にある楠ヶ山に逸れたが、二発目は造機部機械工場に命中。続けて投じられた焼夷弾子の一部もあろうことか第四ドック内で燃え上がり、改造中の「大鯨」も火災に巻き込まれた。

いや、じつは三発目も通常の五〇〇ポンド爆弾が投下される手筈となっていたが、キャンベルの通報を受けて、ブールジュはとっさに通常爆弾を温存し、三発目の投下爆弾を急遽、焼夷弾に切り替えていたのだった。

ブールジュがなぜ通常爆弾を温存したかといえば、それはキャンベルが〝巨大〟と報じた、その垂涎の空母に、取って置きの爆弾をねじ込み〝撃破してやろう〟というのであり、それ以外に使い道はなかった。

「ノーマルが、もう一発あります！」

ブールジュがそう叫び、これを背中で聞いたのはよかったが、狙う空母を爆撃するには、わずかに針路を変更する必要があった。が、マケルロイは無我夢中で操縦桿を右へ捻じ込み、一か八かで針路変更を決行した。

直後にマケルロイ機は〝一時二〇分〟の方向へ機首を転じ、北西の方角へ飛び始めた。

なるほど、狙う敵空母の飛行甲板は、かれらが乗るB25でさえもそのまま着艦できそうなほど広大で、ブールジュ以外の四人は黒光りする飛行甲板に眼を見張り、これなら〝命中を期待できるかもしれない!〟と胸をふくらませた。

そして、そのときにはもう、ブールジュは虎視眈々と照準器を覗き込み、投下ボタンを押す指に全神経を集中していた。

ブールジュが意を決して叫ぶ。

「……爆弾、投下!」

掛け声とともに機は、「帝龍」の後方右寄りから進入して左前方へと駆け抜け、同艦の四〇〇メートル上空をたちまち飛び越えた。と、その直後にまばゆい閃光を発して爆弾が炸裂。それをいちはやく目撃したウィリアムズが、素っとん狂な声を上げ、みなに報告した。

「あ、やった! 命中です!」

途端に拍手と歓声が起こり、機内が騒然と沸いたが、機長のマケルロイだけは独り操縦にいそがしく、機を南方へ退避させながらつぶやくように訊き返した。

「……本当か?」

本当なら大殊勲にちがいないが、これにはウィリアムズが後ろから身を乗り出して答えた。

「まちがいありません。飛行甲板から煙が昇っているのを確認しましたし、命中の瞬間もしっかりとこの眼で見ました。……それとドライドックで火災が発生しているのが見えましたので、そのなかに居た敵艦にも、なんらかの損害をあたえたにちがいありません」

すると、マケルロイも笑顔になり、しみじみとうなずいてみせた。

「……ならば作戦は大成功だ。みな、よくやってくれた！」

機内が再び歓声につつまれて、同機は午後二時ごろに相模湾上空へ離脱。その後、本州の南岸に沿うようにして中国大陸へと向かい、一三番機は江西省上空でガス欠となったが、マケルロイらはパラシュートで脱出し、中国の民兵によって五名全員が救助されたのである。

結局、一六機のＢ25爆撃機は日本上空では一機も失われず、一機がウラジオストクに不時着、残る一五機はすべて中国へと向かい、機体はすべて破損。全搭乗員八〇名のうち、六名が戦死、八名が日本側の捕虜となり、残る六六名はのちに本国へ帰還して大歓迎を受けることになる。なかでも最大の戦果を挙げたのは、マケルロイ中尉の一三番機にちがいなかった。

3

竣工間近の「帝龍」が〝爆撃を受けた！〟という知らせは、「大和」の連合艦隊司令部にもすぐに伝わった。

第一報が「大和」に入電したのは午後二時五分のことで、山口少将をはじめとする司令部幕僚の面々も〝どうなることやら……〟と思い、一様に顔をしかめたが、マケルロイ機の投下した爆弾は制空母艦「帝龍」の飛行甲板中央・後方寄りに着弾して〝第六制動索と第七制動索を切断する〟という被害をもたらしていた。

横須賀鎮守府や工廠関係者も一瞬肝を冷やしたが、その後「帝龍」の被害は〝一週間程度の工期遅延で済む〟と判明し、みなが安堵(あんど)した。

飛行甲板に張りめぐらされた装甲が有効に機能して「帝龍」は小破程度の損害で切り抜けていたのだが、これが通常型の空母なら、おそらく復旧に一、二ヵ月は要していたにちがいなく、みなが肝を冷やしたのも無理はなかった。

——そうか……、よかった。竣工日が一週間ほど遅れるのは致し方ないが、それよりも飛行甲板に施した装甲の有効性がこの被弾によっていよいよ証明された！

午後二時半には「帝龍」の被害状況がすっかり判明して、連合艦隊司令部の面々は同艦の防御力にむしろ自信を深めたぐらいだったが、同時に空母改造中の「大鯨」が火災に巻き込まれたことを知り、連合艦隊としてはまるで喜べるような状況ではなかった。

なにより帝都が空襲されたという事実がある。

しかも、第四ドックで発生した火災は軽微とはいえず、改造工事はたっぷり一ヵ月ほど遅れて同艦が空母「龍鳳」となって完成するのは〝九月はじめごろ〟と報告された。

東京だけでなく横須賀、名古屋、神戸などにも敵機の進入をゆるしたのだから連合艦隊司令部にもむろん責任がある。

空襲を受けるのは〝翌朝以降だ！〟と決め付けたことが、敵機の進入をゆるした最大の原因であり、通達を軽率に発した連合艦隊司令部も責任をまぬがれない。

訓練中とはいえ木更津基地では有力な航空隊を持つ「第二六航空戦隊」が開隊しており、宇垣少将が司令官として着任していたので、連合艦隊が適切な指示を出しておれば、もうすこしちがった結果を期待できたかもしれない。

連合艦隊の通達を真に受けて〝本日中に空襲を受けるようなことはまずない！〟と断定した宇垣は、一式陸攻による索敵を開始したまではよかったが、そのあとがいけなかった。

攻撃精神にあふれる宇垣は、米空母を発見せぬまま雷装の一式陸攻三〇機に出撃を命じ、果敢にも索敵攻撃をこころみた。そして樋端中佐の進言を肝に銘じていた宇垣は、ご丁寧に手持ちの零戦二四機にもまた出撃を命じ、雷撃隊に随伴させてしまったのだ。

これで東京湾周辺の防衛に役立つ日本の戦闘機は旧式の九六式艦戦や陸軍の九七式戦闘機ばかりとなってしまい、零戦が出はらったあと低空から不意に進入して来たB25爆撃機を捕捉できず、戦闘機による迎撃は遭えなく失敗に終わっていたのだった。

航空戦は臨機応変な対応が必要で、宇垣の経験不足は否めない。攻撃対象が戦艦などの場合は索敵攻撃も採り得るが、敵が〝多数の戦闘機を持つ空母だ〟とわかっていたのに、それに対して索敵攻撃を仕掛けたのはいかにも無謀であった。

攻撃成功の見込みはほとんどなく、現に攻撃は空振りに終わった。

零戦（増槽あり）の攻撃半径はせいぜい五〇〇海里で、すくなくとも敵空母が五〇〇海里圏内へ近づいて来ていることを確認してから、攻撃隊を出すべきだった。山口多聞や樋端久利雄なら、おそらくそうしていただろう。

いや、この二人なら、空母が高速で退避可能なこともきっちりと計算に入れ、四〇〇海里圏内でないと〝攻撃成功の見込みはない！〟と考えたにちがいない。

「ドーリットル東京空襲」は実害よりむしろ日本の軍首脳に心理的な衝撃をあたえた。

——このような振る舞いを二度とゆるしてはならない！　本土空襲を未然に防ぐには、哨戒線をもっと東に設けるべきではないか……。それにはミッドウェイを占領する必要がある！

とりわけそう考えたのが、連合艦隊司令長官の山本五十六大将だった。

事態を重くみた山本は、空襲を受けたその日のうちに山口参謀長と話し合った。

「まったく油断も隙もない。こうしてわれわれの想像をはるかに越えるようなことをやってくるのが米軍だ。同じ手を喰わぬよう、……やはりミッドウェイの攻略を優先すべきではないかね？」

目撃情報などから、空襲して来たのは米陸軍の爆撃機だということがすでに判明していた。

それら陸軍爆撃機を空母から発進させてきたのだから、山口とて同感だった。

——米軍は〝いざ〟となれば、どのような攻撃を仕掛けてくるかわからんぞ！

じつに長官の言うとおりだが、宇垣が参謀長を務めていたときとはちがって、山口は黒島以下の全幕僚ときっちり話し合い、すでに第二段作戦の方針を大筋で固めていた。

「長官。お気持ちはわかりますが、やはりミッドウェイをふくむハワイ海域に攻勢を仕掛けるのはいまだ時期尚早に思います」

山口はそう前置きした上でラバウル周辺海域の地勢を全幕僚で、もう一度、洗いなおしたことを説明し、直言した。

「ポートモレスビーとガダルカナル島を重視すべき、というのがわれわれの結論です」

ガダルカナル島（以下ガ島）の名や位置は山本もすでに承知していた。

山口はラバウルを防衛上の〝扇の要〟とするには、まず、ニューギニア東岸沿いからポートモレスビーへ至る飛行場適地と、ソロモン諸島沿いにガ島まで連なる島嶼基地を、最優先で確保すべきである、と山本に説いた。

米軍がラバウルに反攻作戦を仕掛ける場合、ポートモレスビーとガ島さえ手に入れれば、あとはラバウルまで、島伝いの進軍が可能となるからである。

「つまりきみは、ポートモレスビーとガ島が米側の拠点となってしまえば、米軍は〝空母の支援がなくとも〟基地航空隊の支援のみでラバウルまで迫って来る、というのだな？」

「おっしゃるとおりです」

山口は大きくうなずいたが、山本は、すぐには納得しない。

「ポートモレスビーの重要性はよくわかる。しかしガ島のように遠く離れた未開の島が、はたしてそれほど重要かね？　……むろんミッドウェイと比べてだ」

「ガ島には飛行場の建設に適した広めの平坦地がありますし、途中のブーゲンヴィル島、コロンバンガラ島、ニュージョージア島にも飛行場を建設できます。ガ島を〝敵がおさえるか、わがほうがおさえるか〟によって、ラバウルの運命が決まるといってもいいでしょう。そのさらに南東に在る米英軍の拠点エスピリトゥ・サント島とは五〇〇海里以上も離れておりますので、敵はガ島を奪還するために必ず空母部隊を出してきます。……海老《えび》（ガ島）で鯛《たい》（米空母）を釣るのです」

山口がそう答えると、山本の顔にありありと変化の兆しが表れた。

「ふむ……。ガ島を占領すれば、米空母をおびき寄せることができる、というのだな?」

「そうです。むろん本命はミッドウェイをふくむハワイ海域ですが、必要なコマがそろうまでのあいだに、少しでも多くの米空母を沈めておこうというわけです。……オアフ島を占領しやすくするために、です」

山口の言うコマとはいうまでもなく制空母艦のことだった。

するとと山本は〝なるほど……〟とうなずきながらも、首をかしげて訊いてきた。

「そういうことなら話はわからぬでもないが、……軍令部の言いなりになる、というようなことはよもやあるまいな?」

このとき軍令部は、第一課長の富岡定俊大佐が旗振り役となって連合艦隊に「米豪遮断作戦」を押し売りしようとしていた。

「軍令部のほうはきっぱりと断ります」

「本当か? 鯛が釣れたはよいが、得体の知れない怪魚(米豪遮断作戦)まで一緒に釣れたというような面倒は、まっぴらごめんだぞ!」

山本が危惧するのも無理はなかった。ガ島のそのまた先には、フィジー諸島やサモア諸島が、今なら〝出血大サービスです!〟といわぬばかりに並んでいた。

むろん売り手は軍令部で買い手は連合艦隊ということになるが、山本は、そんなものを買えば重い荷物を背負うことになるだけで〝ハワイにもたどり着けなくなる!〟と、「米豪遮断作戦」を腹の底から唾棄していた。

ただ、総長の永野修身大将自身がそれを売りに来ていない分だけ、まだ断り様もある。

山口もそう思っていた。

「そんなもの、私が軍令部へ行って、突き返してきます。ただし、今後の戦の成りゆきによってはフィジーやサモアにも、一過性の攻撃を仕掛ける必要はあるかもしれません」

「それは、占領を伴わない攻撃だな？」

「はい。しかし一過性の攻撃をもし、やるとしても、やるやらぬの最終判断は現場（連合艦隊）に任せるよう、軍令部には、きっちりと釘を刺しておきます」

ほかでもない、山口が熟慮した上でそう言い切るのだから、山本もこの説明にはしきりにうなずいた。

――やはり宇垣とはひと味もふた味もちがう。


ただし、全軍をあずかる山本としては、本土をガラ空きにするわけにもいかない。

陸軍の中型爆撃機を空母から発進させるというような奇策を、敵が〝何度もくり返す〟とは到底思えないが、米軍はさらになにを仕掛けてくるかわからない。

「よし、わかった！　ミッドウェイはコマがそろってからやるとしても、米軍を甘くみるわけにはいかん。……本土防衛に万全を期すため、わが主力空母の一部は、しばらくのあいだ内地に残しておき、陛下にも、私からそのようにご説明、申し上げる！」

ポートモレスビー攻撃には主力空母六隻を全部使いたいところだが、陛下をこう、もち出されては山口も反対できない。それに山本長官の口調はいつもにも増して断定的だった。

「わかりました。でしたら『赤城』と『加賀』をしばらく内地に残しておき、本土防衛と併行して搭乗員、機材の補充に当たらせましょう。ポートモレスビーは残る四空母で実施します。……それでいかがでしょうか?」

先の「インド洋作戦」では結構な数の艦載機を消耗していたので、山口もいずれ〝機材の補充が必要になる〟と考えていた。

「うむ。それでよかろう」

山口の進言を妥当に思い、山本もこれには即座にうなずいてみせたのである。

第六章　ＵＳＳ「ＣＶ７」参戦

１

四月一八日の空襲日・当日、座礁事故の修理を完了していた空母「加賀」は独り佐世保に碇泊中で、それ以外の主力空母五隻は台湾海峡の馬公に入港後、次の「ポートモレスビー作戦」に備えて給油を実施していた。

それら五空母のうち、いちはやく給油を終えた二航戦の空母「飛龍」「蒼龍」に対して〝米空母を追撃せよ！〟との命令が出されたが、台湾海峡から本州東方へ追い掛けても遠く及ばず、米空母はもはやすっかりすがたを消していた。

同日中に復帰命令が出されて「飛龍」「蒼龍」はそのままトラックへと向かい、翌朝には五航戦の空母「翔鶴」「瑞鶴」も給油を完了してトラックへ向かった。

かたや、一航戦の空母「赤城」は急遽「ポートモレスビー作戦」への不参加が決まり、四月二一日の夜晩くになって、「加賀」とともに柱島泊地へ帰投して来た。

これで「ポートモレスビー作戦」に参加する主力空母は「飛龍」「蒼龍」「翔鶴」「瑞鶴」の四隻となり、四月二五日にこれら四空母がトラックへ到着すると、連合艦隊司令部は同日付けで「ＭＯ機動部隊」の編成を命じた。

〔ＭＯ機動部隊〕

本隊　指揮官　山縣正郷中将

・第二航空戦隊　司令官　山縣中将直率

空母「飛龍」「蒼龍」

・第五航空戦隊　司令官　原忠一（はらちゅういち）少将

空母「翔鶴」「瑞鶴」

・付属／駆逐艦六隻

支援隊　指揮官　高木武雄（たかぎたけお）中将

・第五戦隊　司令官　高木中将直率

重巡「妙高（みょうこう）」「羽黒（はぐろ）」

・付属／駆逐艦二隻

〔ＭＯ攻略部隊〕

本隊　指揮官　五藤存知（ごとうありとも）少将

・第六戦隊　司令官　五藤少将直率

重巡「青葉（あおば）」「衣笠（きぬがさ）」「古鷹（ふるたか）」「加古（かこ）」

・付属／軽空「祥鳳（しょうほう）」　駆逐艦二隻

ポートモレスビー攻略隊　梶岡定道（かじおかさだみち）少将

・第六水雷戦隊　司令官　梶岡少将直率

軽巡「夕張（ゆうばり）」　駆逐艦六隻

・付属／敷設艦「津軽（つがる）」

ツラギ攻略隊　指揮官　志摩清英（しまきよひで）少将

・第一九戦隊　司令官　志摩少将直率

敷設艦「沖島（おきのしま）」

・付属／駆逐艦二隻

支援隊　指揮官　丸茂邦則（まるしげくにのり）少将

・第一八戦隊　司令官　丸茂少将直率

軽巡「天龍（てんりゅう）」「龍田（たつた）」

・付属／特設水母「神川丸（かみかわまる）」「聖川丸（きよかわまる）」

編成と同時に「ＭＯ機動部隊」と「ＭＯ攻略部隊」は第四艦隊の指揮下へ編入された。

作戦全体の指揮は第四艦隊司令長官の井上成美中将が執るが、洋上出撃部隊の統一指揮は二航戦の空母「飛龍」に将旗を掲げる、山縣正郷中将が執ることになった。

ちなみに山縣正郷と高木武雄はともに海兵三九期の卒業で、トラック出撃日の五月一日付けで中将へ昇進することになるが、ハンモック・ナンバーは山縣の〝五番〟に対して高木は〝一七番〟のため、山縣正郷のほうが先任となる。

作戦目標の第一はもちろんポートモレスビーの占領だが、同時に志摩清英少将の部隊がラバウルから出撃してツラギも攻略する。

ツラギはガ島の対岸に位置する小さな島で、飛行艇などの泊地に適している。連合艦隊はガ島に飛行場を設ける、その準備段階として〝ツラギを先に占領しておこう〟というのであった。

南洋部隊の指揮官を兼務する井上中将は、四月二三日、麾下部隊の編成を待たずして「ポートモレスビー作戦」を発令、五月三日にツラギを攻略して、五月一〇日にポートモレスビーを攻略すると決定した。

当初の計画ではトラックへ派遣されて来る主力空母は〝二隻のみ〟となっていた。が、連合艦隊参謀長が山口少将に交代して以降、本作戦は重要視され始め、最終的には空母が〝四隻〟となっていたので、井上中将は俄然、作戦の遂行に自信を深めていた。

――米空母はつい二週間ほど前に、二隻が日本近海に出現したばかりだ……。指揮下の主力空母は全部で四隻！　四隻以上の敵空母がサンゴ海へ現れるようなことは断じてない！

井上や第四艦隊幕僚らはそう確信していた。

いや、それだけではない。攻略部隊付属の軽空母「祥鳳」もふくめると、トラックへ派遣されて来た空母五隻が搭載する航空兵力は、今や二五〇機以上に達していた。

MO機動部隊　指揮官　山縣正郷中将
　第二航空戦隊　司令官　山縣中将直率
　・空母「飛龍」　搭載機数・計五四機
　（零戦一八、艦爆一八、艦攻一八）
　・空母「蒼龍」　搭載機数・計五四機
　（零戦一八、艦爆一八、艦攻一八）
第五航空戦隊　司令官　原忠一少将
　・空母「翔鶴」　搭載機数・計六〇機
　（零戦一八、艦爆二一、艦攻二一）
　・空母「瑞鶴」　搭載機数・計六〇機
　（零戦一八、艦爆二一、艦攻二一）

MO攻略部隊　指揮官　五藤存知少将
　第五戦隊・付属　司令官　五藤少将直率
　・軽空「祥鳳」　搭載機数・計二四機
　（零戦一五、艦攻九）

作戦に資する出撃部隊の航空兵力は、零戦八七機、艦爆七八機、艦攻八七機の計二五二機。

二航戦、五航戦は馬公にて、作戦不参加となった空母「赤城」から全部で一二機の艦載機を譲り受け、「インド洋作戦」で消耗した艦載機の不足を補っていた。

また、これら二五二機には補用機もふくまれていたが、たび重なる連戦のなか連合艦隊司令部もなんとか二二八機に及ぶ艦載機を機動部隊に工面して、ポートモレスビーを〝是が非でも攻略してやろう！〟と意気込んでいたのである。

給油も無事に完了し、すべての出撃準備がととのうと、連合艦隊は五月一日に満を持して「ポートモレスビー作戦」を発動。この日・午前中には山縣中将麾下の機動部隊がいよいよトラックから出撃して行った。

2

アメリカ太平洋艦隊は暗号解読によって日本軍の「ＭＯ作戦」をすでに察知していた。けれども攻略の日時まではさすがに特定できず、五月三日のツラギ上陸は、さしもの米軍も不意を突かれたかたちとなった。

情報参謀のエドウィン・Ｔ・レイトン大佐はニミッツ大将に対して、日本の主力空母は「全部で四隻です！」と明言しており、その上でレイトンは、補助空母もおそらく一隻「追加された形跡があります」と言及していた。

進言を受けてニミッツ大将は、ポートモレスビーは〝是が非でも死守する必要がある！〟と思い立ち、サンゴ海へ急遽、空母部隊を差し向けようとしたが、全部で〝五隻〟と報告された日本軍の空母部隊に対抗するには、指揮下の空母がおよそ充分ではなかった。

空母「エンタープライズ」と「ホーネット」は東京空襲のため使えないし、空母「サラトガ」は日本軍の潜水艦から雷撃を受けて西海岸のブレマートン基地で修理中だった。

すぐに派遣可能な空母は「レキシントン」と「ヨークタウン」の二隻だが、味方空母がわずか二隻では、とてもポートモレスビーを防衛できるとは思えない。

兵力が敵の半数にも満たないのだから、さすがのニミッツもあきらめかけていたが、じつは五月はじめには空母「ワスプ」がパール・ハーバーへ到着することになっていた。

——ほかはダメだ！　間に合う可能性があるとすれば「ワスプ」しかない！

ニミッツはそう思いなおしたが、それには「ワスプ」の到着を最低でも二週間ほど早める必要があった。パール・ハーバーからサンゴ海までの移動には急いでも一五日ほど掛かる。が、レイトンは、日本軍は〝五月初旬には作戦を開始する〟と報告していたので、五月はじめに「ワスプ」が到着していたのでは到底、間に合わない。

それを間に合わせるには、「ワスプ」を遅くとも四月一五日ごろにパール・ハーバーへ到着させておく必要がある。相当な困難にもかかわらず〝ダメでもともとだ〟と思ったニミッツは、ただちにそのための手続きを執ったが、そもそも太平洋へ空母を回航させるために先日、作戦本部と大変な交渉をしたばかりであった。

交渉相手は、三月に作戦部長となったアーネスト・J・キング大将で、じつはニミッツが〝欲しい〟と要求していたのは「ワスプ」ではなく、最新鋭の空母〝エセックス〟だった。

一九三九年の終わりごろになると、さすがに米海軍も、日本が戦艦の建造を一切やめて〝空母の増産に乗り出している〟ということに気が付いていた。幸いその前年の一九三八年には、「海軍拡張法」によって「第二次ヴィンソン計画」の予算が成立しており、計画にあったエセックス級空母の一番艦をアメリカ海軍はなんと一年以上も前倒しして起工していたのだ。

むろん日本の空母増産に対抗するためだが、空母「エセックス」は一九四〇年一月に起工、一九四一年三月二八日に進水、一九四二年すなわち本年二月一八日には首尾よく竣工して、アメリカ海軍の屋台骨を支える一艦となってもはや就役していたのである。

ニミッツが要求したとき「エセックス」は習熟訓練をすでに開始していたが、キングは、決して首を縦にしようとはしなかった。とはいえ、太平洋艦隊の窮状に素知らぬ顔もできず、キング大将は「エセックス」の代わりに「ワスプ」を派遣する、と知らせてきたのだ。

待望の「エセックス」は今、最終訓練を兼ねてイギリス海軍の作戦に共同参加しており、船団護衛や機材輸送などの任務をおびて、地中海を走りまわっていた。

いっぽう、ニミッツたっての督促により、肝心の「ワスプ」がパール・ハーバーへ到着したのは四月一七日のことだった。そしてこの日まさに日付変更線のはるか西では、空母「ホーネット」から飛び立った一六機のＢ25爆撃機が東京空襲を見事に成功させていた。

「ワスプ」はその吉報を祝う間もなくわずか一日で給油を済ませて四月一八日にはパール・ハーバーから出港、結局、日本軍のツラギ上陸には間に合わなかったが、五月四日（ソロモン時間）にはサンゴ海へ到着し、同艦の来援を待ちわびていた空母「ヨークタウン」「レキシントン」などと卒なく合同、第一七任務部隊の指揮下へ加わることに成功した。「ヨークタウン」に将旗を掲げるフランク・Ｊ・フレッチャー少将が、飛び上がるほど喜んだのはいうまでもない。

〔第一七任務部隊〕

／総指揮官　F・J・フレッチャー少将

・空母「ヨークタウン」　搭載機数七四機

（艦戦二四、艦爆三六、艦攻一四）

○空母群指揮官　O・W・フィッチ少将

・空母「レキシントン」　搭載機数七四機

（艦戦二四、艦爆三六、艦攻一四）

・空母「ワスプ」　搭載機数六八機

（艦戦二四、艦爆三二、艦攻一二）

付属／駆逐艦四隻

○砲撃隊指揮官　T・C・キンケイド少将

重巡「ミネアポリス」「ニューオリンズ」

「アストリア」「チェスター」

「ポートランド」

付属／駆逐艦五隻

○支援隊指揮官　J・G・クレース（英）少将

重巡「オーストラリア」「シカゴ（米）」

軽巡「ホバート」

付属／駆逐艦二隻

○補給隊指揮官　J・S・フィリップス大佐

給油艦「ネオショー」「ティペカノー」

付属／駆逐艦二隻

○索敵隊指揮官　G・H・デボウン中佐

水上母「タンジール」

（PBY飛行艇一二）

第一七任務部隊の航空兵力はF4Fワイルドキャット戦闘機七二機、SBDドーントレス爆撃機一〇四機、TBDデバステイター雷撃機四〇機の計二一六機。これにPBYカタリナ飛行艇一二機を加えると、計二二八機だ。

空母数は三対四・五で日本軍の六割五分程度の兵力でしかないが、「ワスプ」の加入によってフレッチャー少将は、日本軍の九割ちかい航空兵力を手にすることができた。

それでも味方の劣勢は否めないが、本作戦の目的は、日本軍のポートモレスビー攻略を阻止することにある。日本軍の第一七任務部隊はあくまで防衛側だし、日本軍機動部隊の兵力やその動きなどもある程度予測できる。

――日本側の不意を突いて、敵空母の半数も撃破することが出来れば、おそらく敵の攻略企図を挫けるにちがいない！　……味方艦載機は二〇〇機以上。兵力に不足はない！

フレッチャーはそう覚悟を決め、満を持してエスピリトゥ・サント島方面から部隊を北上させて行ったのである。

3

にわかに戦機が動き始めたのは五月六日・午前一〇時過ぎのことだった。

この日・朝、ツラギから発進していた九七式飛行艇が米軍機動部隊との接触に成功し、敵艦隊の兵力や位置などを報告していた。

『敵艦隊見ゆ！　空母二、戦艦一、重巡一、駆逐艦五。敵機動部隊はガ島の南南西およそ三三〇海里の洋上に在り！』

時折スコールが降るようなあいにくの天気と通信不良が重なって、ＭＯ機動部隊の旗艦・空母「飛龍」がこの〝敵艦隊発見！〟報告を受信したのはようやく六日・午前一〇時四七分になってからのことだった。

山縣中将の機動部隊はトラック出撃後、ソロモン諸島に沿うようなかたちで南下し、諸島の東側から大きく西へ回り込むようにして五日・午後にサンゴ海へと進入。夜間はガ島の南方沖をそのまま西へ通過し、部隊は今、六日・午前一一時前の時点で、ガ島の西方（微南）およそ一四〇海里の洋上に達していた。

　ＭＯ機動部隊は午前九時ごろに針路を南へ変更し、サンゴ海をすでに南下し始めていた。そしてツラギ発進の飛行艇が発した報告電を受信し、通信参謀が駆け込み報告した。

「味方飛行艇の報告が正しいとすれば、敵機動部隊とわが部隊との距離はおよそ二七〇海里で、敵はわが部隊のほぼ真南で行動していることになります！」

　これは由々しき事態にちがいなかった。

　敵艦隊はかれら機動部隊司令部の予想をはるかに超えるほどの距離に近づいていたし、報告では空母も〝二隻！〟となっている。飛行艇の報告を鵜呑みにすることはできない。が、南に敵艦隊が存在するのはまずまちがいない。

　山縣は首席参謀の伊藤清六中佐に対して即座に諮（はか）った。

「二七〇海里ということだが、空母二隻をふくむこの敵をすぐに攻撃できるかね？」

　伊藤清六は、昭和一六年八月に第二航空戦隊の首席参謀となって以降、緒戦では山口多聞少将に仕え、引き続きこの四月以降も山縣中将に仕えていた。専門は水雷だが、伊藤は、航空戦の要諦をもはや充分に理解していた。

「いえ、距離がすこし遠いですし、攻撃隊の出撃準備も充分にはととのっておりません」

伊藤はまずそう答えると、続けて進言した。

「飛行艇の報告を疑うわけではありませんが、念のため、わが艦上からも索敵機を出して正確な敵情を探り、その間に攻撃隊の出撃準備を急いではいかがでしょうか。……速力一八ノットでこのまま南下し続ければ、二時間後には索敵機が先端へ達して、理想的な距離で敵空母を攻撃できるものと考えます」

至極真っ当な進言にちがいなかったが、山縣は首をかしげて問いただした。

「われわれは敵機などによっていまだ接触されておらん。下手に索敵機を出すと、わが存在をわざわざ暴露するようなことにならんかね？」

「……ですが、距離がすこし遠いですし、被発見を恐れていては、出した攻撃隊が空振りに終わる恐れもございます」


むろん口に出してこそ言わないが、伊藤は、山口少将なら、ここで必ず〝索敵機を出すにちがいない！〟と思っていた。

が、山縣はすこし考えてから訊き返した。

「うむ……。では、索敵機を出すとして、いったい何機ほど出す？」

「最低でも九機は出す必要があるでしょう」

距離が二七〇海里ほど離れているので、索敵機の到達には二時間ほど掛かる。敵艦隊は、その二時間のあいだに、かなり移動している恐れもあるので、伊藤はそう即答した。

ところが、そもそも索敵機の発進に懐疑的な山縣は、口をすぼめながらつぶやいた。

「索敵に九機も使うと、攻撃兵力がかなり減ってしまうな……」

しかし、伊藤も負けていない。

山口少将のやり方を傍で何度も見てきた伊藤はここが〝肝心〟とみずからに言い聞かせて、もうひと押しした。

「天気が良いとはいえませんので、九機でも少ないぐらいです。また、ツラギ発進の飛行艇が、そういつまでも敵艦隊の上空にとどまり続けるのはむつかしいでしょうから、最低でもやはり九機は必要です」

伊藤の言うとおりだった。天候不順で視界良好とはとてもいえないし、報告を入れてきた九七式飛行艇は、ツラギを発進してからすでに五時間ちかくが経とうとしていた。あと一時間ほど敵艦隊上空にとどまり続けるのが限度だろう。

しかし、それでも山縣は煮え切らない。

――重巡搭載の水偵二機を索敵に出せば、それで充分ではないか……。

山縣は実際そう思っていたが、かれ自身が機動部隊の指揮を執るのは、これがはじめてのことであり、敵空母の正確な位置をつかむのが〝いかに大切か〟ということを、きっちりわきまえているとはいえなかった。

すると、煮え切らない山縣の様子を見て、伊藤が航空参謀の鈴木栄二郎中佐に水を向けた。

「ここは索敵が肝心と思うが、ちがうかね？」

鈴木はこの質問に〝待ってました！〟とばかりに即答した。

「司令官、状況は理想的です！　敵空母はわずか二隻でこちらは四隻。しかもこちらは先制攻撃を期待できます。索敵をしっかりやった上でもっと敵方へ近づき、波状攻撃を仕掛けるべきです。敵の正確な位置をつかみさえすれば、わが飛行隊が攻撃をしくじるようなことはありません！」

　このとき軽空母「祥鳳」は機動部隊とは行動を別にしていたので、鈴木が言うとおり味方空母は計四隻だった。一気にそう言うと、鈴木はさらにたたみ掛けた。

「こちらは空母が四隻も在りますから、索敵機を出し惜しみしている場合ではございません。敵艦隊の正確な位置さえわかれば、わが航空隊が必ず敵空母を撃破してくれます。……とにかく負ける要素はひとつもありません！　二航戦の技量は随一です。かれら搭乗員の腕をもっと信じてやってください」

　たしかに二航戦航空隊の技量は世界でも随一にちがいなかった。インド洋では山縣もその実力を目の当たりにしていた。そのときの指揮はむろん南雲中将が執っていたが、やはり索敵機を出し惜しみして敵重巡の発見が後れた。

　そのため兵装転換に手間取り、およそちぐはぐな攻撃となったが、二航戦の降下爆撃隊は雷撃隊の到着を待たずして、敵重巡二隻をものの見事に轟沈してみせた。

　これだけの技量をもってすればたしかに負けるはずはなく、なにより「搭乗員の腕前をもっと信じてください」という鈴木の言葉に、山縣は強く背中を押された。

「……よし、わかった！　口をそろえてきみらがそう言うなら、艦攻九機を索敵に出そう。……『飛龍』『蒼龍』『翔鶴』から三機ずつだ。同時に攻撃隊の出撃準備を急いでくれたまえ」

　山口少将に鍛(きた)えられた航空隊だから、その実力は山縣も高く買っていた。そして山縣中将がついにうなずくや、伊藤と鈴木は思わず眼を合わせて安堵の表情をうかべた。

二人は「索敵を絶対におろそかにするな！」と耳にタコができるほど聞かされていた。むろん幕僚の耳にタコができるほど口を酸っぱくしていたのは、前の司令官・山口多聞少将であった。

4

山縣が艦攻九機を索敵に出したころ、フレッチャー少将も日本軍飛行艇の存在にはすっかり気が付いていた。

――くそっ、こしゃくな飛行艇め！

フレッチャーはそう思い舌打ちしていたが、それと相前後して、味方カタリナ飛行艇も北西の方角に日本の空母を発見していたので、どうしてもそちらの方に気を取られてしまった。

MO攻略部隊所属の軽空母「祥鳳」である。

北西に現れた空母をふくむ日本の艦隊はあきらかにポートモレスビーをめざして、現在ニューギニア島の東方沖を南下していた。

オアフ島司令部からあたえられた任務はポートモレスビーの防衛だから、フレッチャーとしては北西に現れた敵艦隊を無視することができず、距離がいまだ四五〇海里ほど離れていたのにもかかわらず、ついつい、そちらに気を取られて部隊の針路を西北西へ向けていた。

いや、フレッチャーも北方の索敵をおろそかにしていたわけではない。日の出を迎えるとともに北へ向けてもドーントレス爆撃機を索敵に出していたが、日本軍・MO機動部隊との距離がいまだ三〇〇海里程度は離れており、天候不順で視界が利かぬなか、ドーントレスによる索敵はいずれも失敗に終わっていたのだった。

周知のとおり六日・午前一一時を迎えた時点で日米両軍機動部隊は、およそ二七〇海里の距離を隔てて南北に相対しており、索敵に失敗したフレッチャー少将の部隊には、このとき最大の危機がおとずれようとしていた。

その後、一時間ほどすると、日本軍の飛行艇は上空からすがたを消した。それはよかったが、さらに三〇分ほど経つと、今度は重巡「ニューオリンズ」の対空見張り用レーダーが敵機の接近を真っ先にとらえ、午後零時四二分に同艦艦長のハワード・Ｈ・グッド大佐が旗艦「ヨークタウン」に対して〝敵機は単発機なり！〟と報告してきたのである。

北の方角に日本の飛行場など存在しない。ガ島やソロモン諸島の島々には、いまだ帝国海軍の飛行場は建設されていなかった。

最初フレッチャー少将は、ツラギなどから飛来した敵の〝水上偵察機かな？〟と思ったが、グッド艦長の報告によると、同機の機体にフロートは付いておらず、まもなく、それは日本軍の〝艦上偵察機でまちがいない〟ということがはっきりとわかった。

「司令官。ケイト（九七式艦攻の米側コード・ネーム）です！」

通信参謀がそう告げると、フレッチャーの表情がにわかに曇った。

――いかん！　近くに敵空母がいるぞ！

フレッチャーだけでなく多くの者がそう思ったが、進入して来た日本軍偵察機の針路から推測して、日本の空母はおそらく第一七任務部隊の北で行動しているのにちがいなかった。

瞬時に「ヨークタウン」司令部が凍り付く。

しかも、敵空母は〝四隻はいる！〟と覚悟しなければならず、さしものフレッチャーもすぐには対応策が思い浮かばなかった。

不覚にも、もはや完全に後手にまわされていたが、フレッチャーとしてはとにかく一刻もはやく日本軍機動部隊を見つけ出し、果敢に戦いを挑むしかなかった。

だから、やるべきことはこれ以上ないほどはっきりしていたが、敵機動部隊を探し出すにしてもそれを〝どうやるか？〟が大問題だった。

「司令官！　大至急ＰＢＹを、北方の索敵に出しましょう！」

勢い余って参謀長のスペンサー・Ｓ・ルイス大佐がそう進言したが、フレッチャーはうなり声を上げ、眉間にしわを寄せながら、これに首をかしげた。

たしかに水上機母艦「タンジール」には四機のカタリナ飛行艇が残されていたが、速度があまりにも遅く、同機による索敵ではとてもこの不利を挽回できそうになかった。

――本当に日本軍機動部隊が北から迫っているとすれば、おそらく二時間後にはわが隊の上空へ日本軍攻撃隊が来襲するだろう……。ＰＢＹの索敵ではまったく間に合わん！

しかし、とにかく〝味方飛行艇を索敵に出すしかないか……〟と、フレッチャーが思いあぐねていたところ、空母「ヨークタウン」艦長のエリオット・バックマスター大佐が俄然、声を大にしてフレッチャーに進言した。

「ＰＢＹではとても間に合いません！　ドーントレスを大至急索敵に出し、高速で北方へ向かわせましょう！」

聞いた途端、フレッチャーも〝もはやそれしかない！〟と思った。

「爆弾を一切積まずにドーントレスを出そうというのだな⁉」

「そうです！」

「何ノットで向かわせる⁉」

「二〇〇ノット、と言いたいところですが、それでは航続距離が極端に低下しますので、一七〇ノットで向かわせましょう！」

爆弾をまったく装備せず偵察任務だけに特化すれば、ドーントレスはおおむね三〇〇海里の距離を往復できる。加えて時速一七〇ノットの高速で飛び続けるのは往路に限ってのことだから、バックマスターはおそらく〝二五〇海里圏内は捜索できるだろう……〟と思い、フレッチャーの問いにそう答えた。

バックマスター艦長は、中佐へ昇進したあとは一貫して航空関係の職に就いており、パイロットの資格も持っている。そのため、かれの進言には一定の説得力があり、ほかに良い手段が思いつかない以上、フレッチャーもバックマスターの案に頼るしかなかった。

ただし、あともうひとつだけ確認すべきことがある。

「それで何機、出す？」

「だいたいの方角は見当が付きますが、それでも六機は出す必要があるでしょう」

艦長の〝六機〟という答えに、フレッチャーも即座に〝それぐらいが妥当だろう〟と思った。敵空母はおそらく南進して来るにちがいないが、ドーントレスの航続力でそれを発見できるかどうかは、それこそやってみないとわからない。

幸い、朝から索敵に出ていた偵察爆撃隊のドーントレスは、一時間以上も前に全機が「ヨークタウン」へ帰投していた。すでにガソリンの補充も終えており、フレッチャーはそのなかから、特に航法に長けた六機を選び出し、それらドーントレスに対して緊急発進を命じた。

索敵では完全に先手を取られたので、まさに時間との戦いだった。日本軍攻撃隊が来襲する前に是が非でも、敵空母群を見つけ出し、味方攻撃隊を発進させておく必要がある。

なるほど、不利は否めないが、フレッチャーにとってひとつだけ心強いのは、空母や重巡の多くが、すでに対空見張り用レーダーを装備していることだった。

――敵攻撃隊が来襲する三〇分前には、レーダーがその接近をとらえるはずだ！

対空レーダーの探知能力は優に七〇海里以上もあり、信頼性もすこぶる高いため、大挙して押し寄せる敵艦載機を取り逃すようなことは〝絶対にない！〟といってよかった。

それからまもなくして、緊急発進を命じられた六機のドーントレスが、次々と北方の索敵に飛び立っていったが、そのときにはもう、時刻は午後零時五三分になろうとしていた。

――日本軍攻撃隊は早ければ午後二時半ごろには上空へ進入して来るだろう……。

時計を見ながらフレッチャーはそう覚悟を決めざるをえなかったが、息を吐いているような暇はまったくなかった。

索敵隊の発進を見とどけるや、フレッチャーは麾下三空母に対して、攻撃隊の出撃準備を大至急ととのえるよう命じたのである。

5

視界不良のため、肝心な空母の発見にはおよそ手間取ったが、空母「蒼龍」発進の艦攻二番機が米軍機動部隊の上空へ到達し、午後零時五二分に決定的な報告電を発した。

『敵艦隊はその後方に空母二隻を伴う！　ガ島の南南西およそ三二〇海里』

同機は、およそ八分前に敵艦隊の発見を告げる第一報をすでに発しており、この第二報によっていよいよ敵空母二隻の所在を空母「飛龍」に知らせてきたのだった。

——よし、やはり空母が二隻いたぞ！

蒼龍二番機は「ワスプ」のすがたを見逃していたが、二隻の敵空母はむろん攻撃に値する。

ＭＯ機動部隊の指揮下に在る母艦四隻の艦上では、兵装作業を終えた攻撃隊の発進準備がすでにととのっていた。四空母の艦上は今や、攻撃機であふれんばかりとなっている。

敵艦隊との距離は首尾よく二二五海里ほどに縮まっていた。

距離は二五〇海里を切っており、機動部隊将兵のだれもが〝もはや敵空母を取り逃すようなことはない！〟と確信した。さらにこの上ないことに味方母艦四隻は敵機などによって一切接触された形跡がなかった。

風は北北西から吹いており、帝国海軍の空母四隻がその風へ向けて一斉に転舵する。

やがて回頭を終えて最後に空母「瑞鶴」が艦首を風上に立てると、山縣中将は午後一時ちょうどに満を持して第一波攻撃隊に発進を命じた。

第一波攻撃隊　空中指揮官　江草隆繁少佐
②空母「飛龍」／零戦六、艦爆一八
②空母「蒼龍」／零戦六、艦爆一八
⑤空母「翔鶴」／零戦六、艦攻一八
⑤空母「瑞鶴」／零戦六、艦攻二一
※○数字は各航空戦隊を表わす

第一波攻撃隊の兵力は、零戦二四機、艦爆三六機、艦攻三九機の計九九機。

第一波は蒼龍爆撃隊長の江草隆繁少佐が空中指揮官となって出撃してゆく。

機動部隊の旗艦・空母「飛龍」のマストに〝発艦始め!〟の信号旗が揚がると、先頭の零戦を皮切りに攻撃機が次々と飛び立ち、第一波の全機が午後一時一二分には上空へと舞い上がった。

MO機動部隊は依然として米側に発見されていない。この有利な状況を最大限に活かすためにも立て続けに第二波攻撃隊を放って敵空母の出端をくじいておく必要がある。

母艦四隻の艦上ではそのための準備が猫の手も借りたいほどの忙しさで進められ、まもなくして午後一時四五分には、第二波攻撃隊の発進準備もととのった。

第二波攻撃隊　空中指揮官　高橋赫一少佐
②空母「飛龍」／零戦六、艦攻一五
②空母「蒼龍」／零戦六、艦攻一五
⑤空母「翔鶴」／零戦三、艦爆二一
⑤空母「瑞鶴」／零戦三、艦爆二一
※○数字は各航空戦隊を表わす

第二波攻撃隊の兵力は、零戦一八機、艦爆四二機、艦攻三〇機の計九〇機。

第二波は翔鶴爆撃隊長の高橋赫一少佐に率いられて出撃してゆく。

午後一時四五分に山縣中将が敢然と発進を命じるや、空母四隻は再び風上へ向けて一斉に艦首を立て、第二波攻撃隊もまた、その全機が午後二時までに上空へ舞い上がったのである。

第一波、二波を合わせて総勢一八九機にも及ぶ大攻撃隊だ。しかもＭＯ機動部隊は、いまだ敵に一切発見されておらず、攻撃隊の発進においても完全に先手を取ったような格好だ。

状況はまさに理想的で勝利は確実のように思われたが、米軍もさすがにそう甘くはなかった。

第二波が発進を完了してから間もなく、午後二時八分に敵の索敵機がついに飛んで来た。

むろん飛来したのは空母「ヨークタウン」から索敵に飛び立っていたドーントレスのうちの一機で、同機は時速一七〇ノットで北へ向けてたっぷり七五分ほど飛行するや、そのゆく手およそ一五海里の洋上に並走する空母「翔鶴」と「瑞鶴」を発見、そのむねをただちにヨークタウン司令部へ通報した。

『敵空母二隻発見！　第一七任務部隊の北およそ二二五海里の洋上に在り。敵艦隊は速力・約一五ノットで南へ向け航行中！』

いや、それだけではない。山縣司令部はおよそ知る由もなかったが、同機は午後一時四五分ごろに江草少佐の第一波攻撃隊と上空ですれ違い、その直後に〝敵機多数がわが隊の方へ向かう！〟と打電、ヨークタウン司令部に対してすでに第一報を発していたのだった。

その第一報を受け取ったとき、フレッチャー少将麾下の三空母は、爆弾や魚雷の装着作業を完了したドーントレス、デバステイターなどを続々と飛行甲板へ上げつつあった。

そこへ同機から〝敵機とすれ違った！〟というむねの報告が入り、フレッチャー少将は、日本軍攻撃隊の来襲時刻を〝午後二時四五分ごろにちがいない！〟と予想、整備員らの尻をさらに叩いて攻撃隊の出撃準備を急がせた。

「攻撃隊の準備をなんとしても午後二時までに完了せよ！」

それより遅れると、大惨事となりかねないのでフレッチャーはそう厳命したが、実際に攻撃隊の発進準備が完了したのは午後二時五分のことだった。が、かれは作業の完了を待たずして、戦闘機のみに先行発進を命じた。

三空母の艦上からワイルドキャットが一斉に発進を開始したのが午後二時ちょうどのこと。味方空母が空襲を受けるのはもはや確実なため、フレッチャーは戦闘機の発進を優先したのだが、およそ半数のワイルドキャットが上空へ飛び立ってもなお〝敵空母発見！〟の報告は入らなかった。

さしものフレッチャーも、親指の爪をしきりに噛みながら顔を真っ赤にし、もはや気が狂いそうなほど焦っていた。

「ちっ、まだ発見できぬのかっ⁉」

が、かれがそう舌打ちした直後に先のドーントレスからようやく〝敵空母二隻発見！〟の通報が入り、フレッチャーは全身の力が抜けるほど安堵して、みなが驚くような声で命じた。

「発進を止めるなっ！　爆撃機や雷撃機も続けて舞い上げよ！」

そのときにはもう、ワイルドキャットの全機が上空へ飛び立とうとしていたが、フレッチャーの気合がみなに通じて、ドーントレスやデバステイターも途切れることなく次から次へと飛行甲板を蹴り始めた。

時刻は午後二時一二分になろうとしている。フレッチャーは時計をちらっと見たが、なおもデッキに立ちっ放しで発艦作業を見守り続け、午後二時三八分に攻撃隊の発進がすっかり終わるや、フレッチャーはようやく大きく息を吐いて、艦橋の椅子へ崩れ落ちるようにして座った。

けれども、まったく安心はできない。午後二時一五分には空母「レキシントン」の対空レーダーが敵機群をとらえ始め、「ヨークタウン」にもそのむね通報があってフレッチャーはワイルドキャットに対し迎撃命令を発していた。

しかし、とにもかくにも三空母の艦上は完全に空となって最悪の事態は避けられ、米軍・第一七任務部隊もまた、一六〇機あまりに及ぶ攻撃機を発進させたのであった。

第一次攻撃隊／攻撃目標・日本軍空母

・空母「ヨークタウン」　出撃機数五二機
（戦闘機八、爆撃機三〇、雷撃機一四）
・空母「レキシントン」　出撃機数五八機
（戦闘機八、爆撃機三六、雷撃機一四）
・空母「ワスプ」　出撃機数五二機
（戦闘機八、爆撃機三二、雷撃機一二）

第一次攻撃隊の兵力はワイルドキャット戦闘機二四機、ドーントレス急降下爆撃機九八機、デバステイター雷撃機四〇機の計一六二機。

デバステイター雷撃機の攻撃半径は約一七五海里と短いが、アメリカ海軍の空母三隻は風上へ向けて北進しながら攻撃機を発進させたので、日本軍機動部隊との距離はもはや二一〇海里を切ろうとしていた。

それでも距離は足りないが、敵空母は南下していると考えられたし、もはや艦上を空ける必要に迫られていたので、フレッチャーは目をつむってでも発進を命じるほかなく、母艦へ帰投できないデバステイターが出た場合には、カタリナ飛行艇で〝搭乗員のみを救助するしかない!〟と腹をくくっていた。

日米両軍機動部隊はこうして午後に入ってからたがいに攻撃隊を発進させたが、双方が保有していた艦上戦闘機の数は奇しくも〝七二機ずつ〟とまったくの同数であった。

そして、戦闘機の使い方では両者の用兵思想の違いがはっきりとあらわれた。山縣中将が防衛用に残した零戦は三〇機であるのに対して、フレッチャー少将は手元に四八機のワイルドキャットを残しておいたのである。

矢はすっかり放たれた。空母同士の熾烈な果たし合いがもう、まもなく始まろうとしていた。

6

先に攻撃を開始したのは日本軍攻撃隊だが、この日の場合、かれら搭乗員にとっての最大の敵は天気だったかもしれない。

観察眼のするどい江草少佐も折りからの雨模様でさすがに敵空母の発見に手間取り、ついに「ワスプ」を見付けることはできなかった。

空母「ワスプ」が最も南で行動し、その上空が厚い雲で覆われていたためだが、空母「ヨークタウン」「レキシントン」も雨雲の下へもぐり込もうとしていたので、江草としては攻撃を急がざるをえなかった。

とくに南にいたヨークタウン型空母への攻撃は急がねばならず、江草はすみやかに攻撃命令を発したが、迎撃戦に徹したグラマン戦闘機は意外に手強く、第一波攻撃隊は投弾の位置へ付くまでに零戦六機、艦爆七機、艦攻一四機の計二七機を失ってしまった。

もちろんやられっ放しではなく、護衛の零戦が一八機のグラマンを返り討ちにしていたが、敵空母襲撃中に第一波はさらに艦爆二機と艦攻四機を失うことになる。

手前の空母はあきらかにサラトガ型だった。

そのため江草は、自機をふくむ艦爆一七機でヨークタウン型の攻撃に向かい、残る艦爆一二機と艦攻二五機をサラトガ型の攻撃に差し向けた。

敵空母は〝二隻！〟と索敵機も報告していたので、江草も攻撃を急ぐ必要上、これ以上、周囲の捜索に時間を使うような考えはなかった。

あとには第二波も続いており、まずは第一波でサラトガ型に致命傷を負わせて、ヨークタウン型の飛行甲板を破壊、戦闘力を奪ってやろうというのだが、所どころで雨が降っており、思うように視界が利かない。

さしもの江草艦爆隊も「ヨークタウン」に爆弾三発、「レキシントン」に爆弾二発を命中させるのが精いっぱいだった。決して満足のゆく攻撃ではなかったが、それでも江草隊は空母「ヨークタウン」を見事に発着艦不能におとしいれた。

いや、それだけでなく五航戦の雷撃隊もなんとか頑張ってサラトガ型に魚雷二本を命中させていたが、空母「レキシントン」に致命傷を負わせることはできず、同艦はいまだ二〇ノットちかくの速度で航行していた。

――くそっ、ともに中破程度の損害はあたえたが、充分とはいえないな……。

残念だが、もはや攻撃兵力が尽きたので、第二波攻撃隊にあとを任せるしかなかった。

結局、第一波攻撃隊は三三機を失いながらも空母「ヨークタウン」「レキシントン」をともに中破して、攻撃を終えた零戦一八機、艦爆二七機、艦攻二一機はまもなく空中集合を完了し、母艦への帰途に就いた。ところが江草は、空中集合中に三隻目の敵空母を発見し、そのことは、きっちりと第二波攻撃隊に伝えたのである。

空母「ヨークタウン」と「レキシントン」は空襲を受けたため一時的に南方へ退避したが、空襲をまぬがれた空母「ワスプ」は独り北上を続けており、「ヨークタウン」と「ワスプ」が入れかわるような格好となっていた。

ちょうどそこへ第二波攻撃隊が現れ、午後三時三〇分ごろから米艦隊の上空で再び激しい戦いが始まった。それは第一波が引き揚げてからおよそ一〇分後のことだった。

空母「ヨークタウン」の速度は二三ノットに低下しており、空母「レキシントン」の速度も一八ノットまで低下していた。「ヨークタウン」はまもなく消火に成功、あと四五分ほどで艦載機を運用できそうだったが、機関を損傷した「レキシントン」は速度が一八ノット以上に上がらず、攻撃隊の発進はほぼ絶望的となっていた。

今、「ヨークタウン」は、厚い雲の下へすがたを隠し、復旧作業を急いでいる。同艦に座乗するフレッチャー少将は復旧が成り次第、再び北上を命じるつもりで、「レキシントン」を置き去りにするような考えはさらさらなかった。

出した攻撃隊を収容する必要があるし、時刻はもはや午後三時半を回ろうとしている。この空襲さえ凌ぎ切れば、やがて日没を迎えて戦いは〝時間切れ!〟となる。

さしもの日本軍といえども再攻撃をおこなうにはたっぷり四時間以上が必要だ。二波にわたって来襲した敵艦載機から、再度攻撃を受けるような心配は限りなくゼロにちかかった。ましてや、折からの雨模様で、この悪天候を突いて夜間攻撃を実施するのは、日本軍機の練度がいかに高くても断じて不可能にちがいなかった。

第二波攻撃隊を率いる高橋赫一少佐はほどなくして空母「レキシントン」と「ワスプ」を見つけ出した。が、もう一隻の空母は見えない。

三隻いるはずだが、視界がきわめて悪く、敵戦闘機の邀撃も執拗だ。その迎撃により、第二波もまた、すでに零戦三機、艦爆一〇機、艦攻七機の計二〇機を失っていた。

――いかん、三隻目を探しているような時間は全然ない!

とっさにそう判断した高橋は俄然、突撃命令を発し、眼下の二空母に狙いを定めた。

はたして、さらに近づくと、二隻のうちの一隻はあきらかに速度が低下している。

――や、あれは「サラトガ」だ!

そう直感した高橋は、まずはこの大物を確実に仕留めることにした。

それは「サラトガ」ではなくむろん同型艦の「レキシントン」だったが、高橋は、まずは同艦の攻撃に艦爆一二機と艦攻一二機を差し向け、みずからは残る艦爆二〇機と艦攻一一機を率いて無傷のもう一隻へ襲い掛かろうとした。

が、雨をかいくぐっての攻撃になるため、思うように命中を得られない。「レキシントン」に対して魚雷一本は命中させたものの、一二機の艦爆はすべて爆撃をしくじった。

——ダメだ、これでは沈まんぞ！

そう思うや高橋は、指揮下からさらに艦爆七機を割いて「レキシントン」の攻撃に差し向け、しゃにむに南下。残る艦爆一三機と艦攻一一機を直率して「ワスプ」へと突入して行った。

視界が利かず、敵空母襲撃中に第二波はさらに艦爆五機と艦攻二機を失った。

空全体を厚い雲が覆っているので、艦爆による急降下爆撃はとくに危険な突入を強いられた。

それでも追加で差し向けた艦爆七機は、魚雷を喰らって速度が大幅に低下していた「レキシントン」に爆弾一発をついに命中させて、高橋が直率する主隊も、高速で疾走する「ワスプ」に対して爆弾一発と魚雷一本をねじ込んだ。

空母「ワスプ」に命中した爆弾は飛行甲板を貫通して一・五インチ装甲の第四甲板で炸裂。火災による黒煙とガスで三つの罐室が損害を受け、同艦はさらにそこへ魚雷一本を喰らった。これで大量の浸水をまねき、機関に大損害を受けた「ワスプ」は沈没こそまぬがれたものの、速度が一気に一五ノットまで低下してしまい、艦載機の収容は可能だが、爆撃機や雷撃機の連続発進が不可能な状態に追い込まれた。

かたや、艦爆七機を追加で「レキシントン」の攻撃に差し向けた高橋少佐の判断は、結果として大正解だった。

合わせて三本の魚雷を喰らったのにもかかわらず「レキシントン」は浸水を喰い止め、鎮火にも成功していた。が、最後に命中した爆弾が炸裂した瞬間に、漏れ出していた気化ガスに引火、艦内で大爆発を起こして、「レキシントン」はまたたく間に紅蓮(ぐれん)の炎に包まれ、完全に消火不能となった同艦は駆逐艦「フェルプス」の魚雷によって結局自沈処理された。

「……司令官。残念ですが、『レキシントン』を救うのはもはや不可能です」

ルイス参謀長がそう告げると、フレッチャーはがっくりと肩を落として、「レキシントン」の自沈処理を認めたのである。

7

サンゴ海一帯の悪天候はなおも変わらない。

フレッチャー少将が出撃を命じた米軍攻撃隊は発進直後から天候不良に悩まされ、発進した母艦ごとに攻撃隊を大きく三つに分けて進軍せざるをえなかった。

それら三群のなかで、先陣を切って日本の艦隊上空へ到達したのはヨークタウン攻撃隊の五二機で、かれらは午後四時八分にようやく日本の空母を発見した。三〇機の零戦が待ち受けるなかをヨークタウン隊は果敢に突入して行ったが、護衛のワイルドキャットがわずか八機ではとても零戦にかなわず、デバステイター雷撃機はなんら戦果を得ることなく全滅した。

しかし、零戦もすべての敵機を撃退することはできず、一六機のドーントレスが零戦の迎撃網をかいくぐって空母群上空へと進入。そのとき「飛龍」「蒼龍」「瑞鶴」の三空母は偶然にもスコールの中にいたため、ドーントレス一六機による空襲は空母「翔鶴」へ集中した。

さらにその攻撃中にレキシントン攻撃隊五八機も進入して来たが、日本の空母を発見できたのは二五機のみで、レキシントン隊もまた全機が「翔鶴」へ向けて突入した。

レキシントン隊のデバステイター一一機は幸運にも零戦の迎撃をすり抜け「翔鶴」に魚雷を投じたが、米軍雷撃隊の攻撃は拙劣で命中した魚雷は一本もなかった。けれども爆撃隊はヨークタウン隊が二発、レキシントン隊も爆弾一発を命中させて空母「翔鶴」艦上は炎に包まれた。

発着艦不能となった「翔鶴」は完全に戦闘力を奪われて、山縣司令官の命により北上、まもなく戦場から離脱した。

そのころには山縣中将も〝敵空母が三隻も出て来た！〟という事実を知って驚いていたが、なるほどそれを証明するかのようにしてなおも敵機が押し寄せる。「翔鶴」が北上を開始したころにワスプ攻撃隊の五二機が来襲し、ワスプ隊も悪天候を突いて果敢に突入して来た。

艦隊直衛の零戦は三機を失っていたにすぎないが、たび重なる敵機来襲で、かれらにもさすがに疲れが見え始めていた。

しかも、零戦とワスプ隊が制空権争いをしているあいだに、気まぐれにもスコールが止んでしまい、日本の空母三隻が海上にはっきりとすがたを現した。

格好の獲物を目前にしたドーントレスやデバステイターは一気に速度を上げ、次々と空母へ襲い掛かろうとする。そうは〝させじ!〟と零戦も懸命に立ちふさがるが、やはり敵機の突入をすべて阻止するのは不可能だった。

零戦の撃ちもらした敵機はドーントレス一一機とデバステイター一〇機の計二一機。

米軍雷撃隊の技量は〝大したことがない!〟とみた零戦は、その多くが急降下爆撃機を優先的に迎撃した。そのため撃ち落とした敵機の大多数をドーントレスが占めていた。

洋上に空母は三隻いたが、零戦の追撃をかわした二一機は当然のように、船体が最も大きく狙いやすい空母「瑞鶴」を攻撃対象に選び、同艦へと殺到した。

零戦はなおも追いすがるが間に合わない。対空砲火との相撃ちを覚悟した追撃だが、零戦の追撃は決してムダではなく、ドーントレスやデバステイターは攻撃を急がざるをえなかった。

それからおよそ七分間、空母「瑞鶴」は三〇ノット以上の高速で右へ、左へ走りまわり、敵弾をかわし続けたが、投じられた爆弾の一発がついに艦上で炸裂。火災はおよそ一〇分後に消し止められたが、飛行甲板前部・先端からおよそ四〇メートルの所に大穴が開き、同艦は一時的に戦闘力を喪失してしまった。

いや、それだけではない。一〇機のデバステイターは全機が「瑞鶴」へ向けて魚雷を投下していたが、そのうちの一本があらぬ方向へと疾走、「瑞鶴」の左斜め後方をゆく「蒼龍」へと迫り、なんと空母「蒼龍」の左舷に魚雷が命中してしまったのだった。

魚雷の入射角が浅く、致命傷をこうむるようなことはなかったが、「蒼龍」は舷側に破孔を生じてかなりの浸水をまねき、速度が一気に二四ノットまで低下した。

が、その後の排水作業により「蒼龍」の速度は二七ノットまで回復。およそ一時間後に艦長の柳（やなぎ）本柳作（もとりゅうさく）大佐が『戦闘行動に支障なし！』との信号旗を掲げると、それを観て山縣中将もホッと胸をなでおろした。

かたや、爆撃を受けた「瑞鶴」も三〇分後には戦闘力を回復し、「翔鶴」以外の三空母は出した攻撃機の収容を午後六時までに完了、午後六時二六分にはガ島の南西・約一五〇海里の洋上で日没を迎えたのである。

MO機動部隊はこの戦いで、結局七二機に及ぶ艦載機を消耗していた。

いっぽうフレッチャー少将も、日没まで部隊を戦場に止めていたが、アメリカ軍艦載機は軒並み航続距離が短く、収容できた機はおよそ九〇機にとどまった。しかも、そのうちの一〇機ほどは使い物にならず海上へ投棄するしかなかった。航空兵力が半減したばかりか、主力の空母「レキシントン」まで失ってしまい、参謀長のルイス大佐は二度にわたって撤退を進言したが、それでもなおフレッチャー少将は、日本軍の〝計画を阻止してやろう〟と作戦を続行していた。

それは〝敵空母三隻を撃破した！〟という飛行隊の報告を善意に解釈して、悪くとも〝二隻は撃破しただろう〟と信じていたからだが、次の日の午前中には、索敵に出たカタリナ飛行艇が健在な日本の空母は〝三隻！〟と報じたので、フレッチャーもこれでいよいよ撤退を決意した。

空母「ヨークタウン」と「ワスプ」はともに艦載機の運用が可能だったが、戦闘力はほぼ半減しており、艦の痛みも相当にはげしかった。

「小型とはいえ日本軍には空母がさらにもう一隻あります！　傷付いた『ヨークタウン』と『ワスプ』で、四隻もの敵空母に戦いを挑むのはあまりに無謀です！」

ルイス参謀長が最後にそう進言すると、フレッチャーも勝利の可能性が低いことを認め、力なくうなずくしかなかった。

対する日本側も、飛行艇による捜索で米空母の動向を探っていたが、敵空母がサンゴ海から退きつつあることを知ると、第四艦隊司令長官の井上成美中将は、当初は豪北方面の飛行場を空襲する計画であった機動部隊に対して〝ポートモレスビー攻撃に専念せよ！〟との命令を発した。

機動部隊艦載機のこれ以上の消耗を避け、とにかくポートモレスビーの敵を集中的に攻撃し、これを無力化しておこうというのだが、井上中将のこの判断はいかにも適切だった。

なぜなら、この時点でオーストラリア北東部の米豪軍航空基地には合わせて三〇〇機ちかくに及ぶ敵機が配備されており、ＭＯ機動部隊がやみくもに豪北方面に近づいておれば、まちがいなく反撃を受けていたからである。下手をすれば艦載機をさらに消耗するだけでは済まず、空母を失っていたかもしれない。

第四艦隊司令部の命令を受け、山縣中将はまず攻略部隊との合同を優先し、合同後はサンゴ海の奥へは踏み込まず、ポートモレスビーの東方から艦載機を放ってニューギニア方面の敵航空兵力を一掃した。

そのため豪北方面配備の米軍・中長距離爆撃機は日本の空母にまったく損害をあたえることができず、空母発進の零戦から反撃に遭い、かえって兵力を消耗したのである。

同方面配備の米・豪軍戦闘機はいまだ二線級のものが多く、航続距離の長いＰ38戦闘機はおよそ六ヵ月後にようやく太平洋戦域での配備が始まることになる。まるハダカで出撃した米軍爆撃機は零戦のよいカモでしかなかった。

ラバウルなどからも航空支援を受けた帝国陸海軍は、制空権を完全に掌握し、五月一八日ついにポートモレスビーの占領に成功した。

第七章　南太平洋に潜む罠

1

昭和一七年六月一二日。制空母艦の第一艦目となる空母「帝龍」が横須賀工廠で竣工した。起工されたのが昭和一四年の七月だから、建造にほぼ三年の歳月を費やしたことになる。

制空母艦「帝龍」は六月一八日には呉へ回航されて、三日後に実施した公試運転で時速三〇・二ノットの最大速度を記録した。

各種検査や習熟訓練も予定どおりに進み、六月二五日以降は、零戦や艦爆などの発着艦テストも実施していた。

晴れて大型制空母艦の乗組員となった者は、その幸運に足取りも軽く、水兵らがにこにこ顔で闊歩していると〝ありゃ「帝龍」の乗員だろう〟とみなが言い当てられるほどだった。

それもそのはず。排水量四万トンを超える巨体は横幅も広くじつにどっしりとしており、鋸屑入りセメント塗装の飛行甲板は黒光りして空母とは思えぬほど堂々としている。

――こりゃ、簡単に沈みそうにないな……。

ちょっと見ただけで、だれにもそう思わせるほど、「帝龍」の威容はほかを圧しており、戦艦とはまたひと味ちがった、言い様のない安心感を見る者にあたえた。

なかなか〝沈みそうにない〟というのは、なるほどそのとおりで、艦橋にも対八〇〇キログラム爆弾防御の司令塔が設けられているので、艦隊の旗艦としてもうって付けだ。

七月中旬には習熟訓練を終えて連合艦隊に引き渡される予定だが、しばらくは機動部隊の一員として活動し、ゆくゆくは押しも押されもせぬ〝機動部隊の旗艦になるだろう〟ということは衆目の一致するところであった。

その防御力もさることながら、さらにひときわみなの眼を引いたのが左舷・中央前寄りに張り出すようにして設けられた「舷側エレベーター」で長辺二三・六メートル、短辺一一・八メートルの大きさを持つこの航空機用エレベーターは、一度に三機の零戦を飛行甲板へ上げられるようになっていた。

いや、帝龍型制空母艦に予定された本命の搭載機は「一四試局地艦上戦闘機」だが、同機はいまだ開発途上にあるため、一番艦「帝龍」はとりあえず零戦八四機、九九式艦爆一五機の計九九機を搭載して、ソロモン方面の作戦に参加することになっていた。

連合艦隊の次なる方針は、ガ島を確保して〝米空母を誘い出す！〟と決まっている。

幸いポートモレスビーの占領に成功し、ニューギニア島の全域を手中におさめたが、ラバウルを扇の要として堅牢な防衛線を築くには、さらにガ島を確保しておく必要がある。

米軍はポートモレスビーを防衛するために空母を三隻も出してきた。ガ島に白羽の矢を立てれば米軍はこれを無視できず、必ず空母を出してくるにちがいなかった。

先の海戦ではサラトガ型空母の撃沈に首尾よく成功したが、米軍が空母を〝三隻〟も出してきたという事実に、連合艦隊司令部の面々はひそかに驚いていた。

――敵の戦闘意欲はいよいよ旺盛だ！

米軍の敵愾心（てきがいしん）からして次も必ず空母を出してくるだろうが、何度も話し合った結果、連合艦隊司令部は、ミッドウェイを係争地とするのは〝時期尚早である！〟という結論に達していた。ミッドウェイはあまりにもオアフ島に近いため、米軍機動部隊が健在であるかぎり、容易に奪還をゆるす恐れがある。

それよりもポートモレスビー～ガ島の線を最終防衛ラインとし、南太平洋の守りを固めておこうというのだが、それをやるには当然「帝龍」以外の空母も欠かせない。

先の「サンゴ海海戦」では、多くの者が〝サラトガ型空母を撃沈、ヨークタウン型空母二隻も大破した！〟と信じていたが、帝国海軍も空母三隻が傷付いていたので、それら三空母の復旧を急ぐ必要がある。

海戦に参加した空母は五隻とも五月二一日には瀬戸内海へ帰投していたが、爆弾三発を喰らった空母「翔鶴」の修理は八月二〇日ごろまで掛かりそうだった。

いっぽう、空母「瑞鶴」は六月二六日に修理を終えており、空母「蒼龍」も七月二一日には修理を完了する予定となっていた。

「翔鶴」の復旧に三ヵ月を要するため、一航戦の空母「赤城」「加賀」に代わって、今度は五航戦の空母「翔鶴」「瑞鶴」が内地に残され〝機材補充や本土防衛の任に当たること〟とされた。

制空母艦「帝龍」が七月一五日に習熟訓練を終えて、七月二一日に空母「蒼龍」が修理を完了すると、連合艦隊は二一日付けで作戦部隊の編成を改めたのである。

◎ソロモン攻略部隊　指揮官　近藤信竹中将

〔第一遊撃部隊〕指揮官　近藤中将兼務
（第二艦隊／在トラック）
・第四戦隊　司令官　近藤中将直率
　重巡「愛宕」「高雄」「摩耶」
・第三戦隊　司令官　栗田健男中将
　戦艦「金剛」「榛名」
・第五戦隊　司令官　高木武雄中将
　重巡「妙高」「足柄」「羽黒」
・第二水雷戦隊　司令官　田中頼三少将
　軽巡「神通」　駆逐艦一〇隻

〔第二遊撃部隊〕指揮官　三川軍一中将
（第八艦隊／在ラバウル）
独立旗艦・重巡「鳥海」
・第六戦隊　司令官　五藤存知少将
　重巡「青葉」「衣笠」「古鷹」「加古」
・第一八戦隊　司令官　梶岡定道少将
　軽巡「天龍」「龍田」
・第六水雷戦隊　司令官　若林清作少将
　軽巡「夕張」　駆逐艦六隻

〔第二機動部隊〕指揮官　角田覚治少将
（第二艦隊付属／在ラバウル）
独立旗艦・制空「帝龍」
・第三航空戦隊　司令官　多田武雄少将
　軽空「祥鳳」「瑞鳳」
・第七戦隊　司令官　西村祥治少将
　重巡「鈴谷」「熊野」「最上」「三隈」

・第四水雷戦隊　司令官　高間完（たかまたもつ）少将
　軽巡「由良（ゆら）」　駆逐艦八隻

○ソロモン機動部隊　指揮官　南雲忠一中将
〔第一機動部隊〕指揮官　南雲中将兼務
（第一航空艦隊／在トラック）
・第一航空戦隊　司令官　南雲中将直率
　空母「赤城」「加賀」
・第二航空戦隊　司令官　山縣正郷中将
　空母「飛龍」「蒼龍」
・第四航空戦隊　司令官　城島高次（じょうじまたかつぐ）少将
　空母「隼鷹」　軽空「龍驤（りゅうじょう）」
・第一一戦隊　司令官　阿部弘毅（あべひろあき）少将
　戦艦「比叡」「霧島（きりしま）」
・第八戦隊　司令官　岸福治（きしふくじ）少将
　重巡「利根（とね）」「筑摩（ちくま）」

・第一〇戦隊　司令官　木村進（きむらすすむ）少将
　軽巡「長良（ながら）」　駆逐艦一二隻

ポートモレスビーの占領に成功してニューギニア戦線はこれで一定の区切りが付いた。今度は戦いの舞台をソロモン戦線に転じるが、連合艦隊は今、そのための準備を急いでいた。

連合艦隊の指揮下に有力な兵力を持つ「ソロモン攻略部隊」と「ソロモン機動部隊」を設けたのもそのひとつだが、ラバウルからガ島へと連なる島々にも航空基地を推進してゆく必要がある。

航空参謀の樋端中佐は参謀長の山口少将にきわめて重要な進言をおこなっていた。

「一足飛びにガ島にのみ飛行場を造るのは危険です。同時に途中のブカ島、ブーゲンヴィル島にも飛行場を設けて中継基地とすべきです」

ラバウルからガ島のルンガ低地までは五四〇海里も離れており、増槽を装備した零戦でも往復するのがやっとの距離だ。ガ島上空で二〇分も戦えばガソリン不足となるし、突発的なエンジン不良やわずかな被弾などでラバウルへの帰投が危うくなってしまう。

司令部でそのことに気づいたのは唯一、樋端だけであり、山口もこの指摘を〝もっともだ！〟と思い、即座にうなずいた。

「うむ。同時にブカ島とブーゲンヴィル島にも中継の飛行場を設けよう。さすが航空参謀だ。よく気づいてくれた！」

「いえ、これぐらい、気づいて当然です」

山口がさっそく山本長官に報告すると、むろん山本もその必要性を認め、内地から新たに四隊の設営隊が出されることになった。

そして、ソロモン諸島では現在、七月いっぱいの同時完成をめざして島伝いにブカ島、ブーゲンヴィル島、ガ島の三ヵ所に飛行場が建設されつつあった。それだけでなくポートモレスビー攻略に気をよくした参謀本部も、ラバウル周辺の防衛に同意して、新たに「第八方面軍」の創設を海軍に約束していた。

また、肝心の艦艇のほうは、五月三日には改造空母「隼鷹」がすでに竣工しており、七月三一日には同じく改造中の空母「飛鷹」が竣工して、八月五日には戦艦「武蔵」も竣工する予定となっていた。

ただし、「飛鷹」「武蔵」の両艦は竣工後もしばらくは習熟訓練を実施する必要があるため、七月二一日付けの編成では連合艦隊の指揮下に加えられていない。

いっぽう空母「隼鷹」は、ソロモン機動部隊の一員となって南雲忠一中将の指揮下へ入り、制空母艦「帝龍」は、ソロモン攻略部隊の一員として近藤信竹中将の指揮下に編入されていた。

――「帝龍」をいきなり初陣で空母戦に参加させるのはよくない！

そう考えた連合艦隊司令部は、「帝龍」をまずは基地攻撃に使い、徐々に練度を上げていこうというのだが、基地攻撃を担う角田覚治少将の「第二機動部隊」はトラックを根城とせず、ラバウルを根拠地とすることになっていた。

そのラバウルでは、すでに「第二遊撃部隊」が現地で編成されており、その旗艦である重巡「鳥海」の艦上では、第八艦隊司令長官の三川軍一中将が「第二機動部隊」のラバウル到着を〝いまや遅し〟と待ちわびていた。

はたして、内地編成の「第一遊撃部隊」「第一機動部隊」「第二機動部隊」は七月二三日に瀬戸内海から出港し、そのなかには山本長官が直率する第一戦隊の戦艦三隻「大和」「長門」「陸奥」もふくまれていた。また、時を同じくして陸軍も今村均中将を軍司令官とする「第八方面軍」を設立、第一七軍と第一八軍をその指揮下へ編入して、順次ラバウルへ進出させるとしていた。

じつは、連合艦隊も今回はトラックへ司令部を前進させて、ソロモン作戦を確実に成功へ導こうというのだが、参謀長の山口がトラック進出を願い出ると、山本長官もふたつ返事で、ならば〝行こう！〟とうなずき、戦艦「大和」に率いられた三つの大部隊は、七月二八日には無事トラックへ入港したのである。

日米両軍の衝突はもはや目前に迫っていた。

2

サンゴ海で戦いが始まった当初から、ニミッツ司令部は日本軍の次の狙いが〝ガダルカナル島の確保である〟ということに気づいていた。

むろんポートモレスビーを防衛できるに越したことはなかったが、フレッチャーが空母「ヨークタウン」「ワスプ」に撤退を命じると、ニミッツはこれを容認した。

——ここで二空母が致命傷を被れば、次に出すコマがなくなる。おそらく次こそが本当の勝負になるだろう……。

この考えどおり、ニミッツ大将の太平洋艦隊司令部は今、空母「ヨークタウン」と「ワスプ」の修理を急いでいた。

六月にもなると、暗号解読班の報告書は精緻を極めるようになり、ガ島などの三ヵ所に日本軍が飛行場を建設中で、それを〝七月中に完成させようとしている〟ということまで、ニミッツは知るようになっていた。

——そうか……。ならば「ヨークタウン」と「ワスプ」の修理を、遅くとも七月一五日には終えておく必要がある！

ニミッツは空母「エセックス」の太平洋派遣をなおも懇請していたが、それだけはキング大将がどうしても認めようとしなかった。

イギリス海軍との協力がいまだ欠かせないというのだが、新たな航空隊の派遣にはキング大将もうなずいて、アメリカ本土から新機材と補充用の空母搭乗員がパール・ハーバーへ派遣されて来ることになっていた。

空母「サラトガ」はすでに修理を終えてブレマートンからサンディエゴに移動しており、同艦は補充用機材の輸送任務に使える。が〝それだけでは足りないな……〟と思っていたところへ、先の二空母がパール・ハーバーへ帰投して来た。

空母「ヨークタウン」「ワスプ」が入港したのは五月二四日のことだった。

さっそく工廠責任者に命じて両空母の被害を調査したところ、「ヨークタウン」の修理には一ヵ月半を要し、「ワスプ」の修理には二ヵ月ほど掛かるということが判明した。

そこでニミッツは、復旧工事に多くの時間を要する「ワスプ」をパール・ハーバーの工廠で修理することにし、比較的、軽度な損傷で済んだ「ヨークタウン」をサンディエゴへ回航して修理することにした。

「二ヵ月と言わず、『ワスプ』の修理は是が非でも七月一二日までに終えてもらいたい！」

工廠責任者にそう命じた上で、ニミッツはサンディエゴの工廠責任者とも連絡を執り、空母「ヨークタウン」の修理も必ず七月七日までに終えるよう厳命しておいた。

修理完了後の「ヨークタウン」には新機材を満載してパール・ハーバーへ復帰させようというのだが、損傷した「ヨークタウン」に輸送任務を負わせず、健全な「エンタープライズ」と「ホーネット」で搭乗員や機材を輸送すればよさそうなものだが、なにか不測の事態が生じた場合に備えてニミッツは即座に作戦可能な両空母をパール・ハーバーから手放したくなかったのである。

西海岸の基地まで往復させると、最低でも一〇日間はどちらかを手放すことになってしまう。

ニミッツの並外れた統率力によって、空母の修理はほぼ思惑どおりに進みつつあったが、七月に入ると、暗号解読班がいよいよ精緻な報告を上げ始め、ニミッツは七月五日になって、日本海軍は次期作戦に〝九隻もの空母を動員してくる！〟ということを突き止めた。

九隻のうちの三隻は小型となっていたが、小型空母を〇・五隻と数えても、全部で七・五隻ということになる。

――それじゃ、日本の空母数はこちらの一・五倍じゃないか……。

どう考えても、まず勝ち目がなさそうに思えるが、チェスター・W・ニミッツの頭はやはり冴えていた。ニミッツは日本の空母が〝二つの部隊に分かれている！〟ということにまんまと気づいたのだった。

――なるほど……、ナグモが率いているのは六隻で、もう一方に三隻か……。

当然〝南雲〟のほうが日本軍の主力空母部隊にちがいないが、そちらにも小型空母一隻がふくまれており、空母数が〝五対五・五〟ならば充分に勝ち目がある、とニミッツはみた。

これでかれはついに〝決戦を挑もう！〟と決意したが、計画のすべてがニミッツの思惑どおりに進んでいたわけではなかった。

東京空襲を見事成功に導いたハルゼー中将がこのとき皮膚病を患って入院しており、空母「エンタープライズ」「ホーネット」を率いる第一六任務部隊の指揮官がレイモンド・A・スプルーアンス少将に交代していた。スプルーアンスは航空戦の素人だが、ハルゼーが推すのでニミッツはそれを受け容れていた。

七月五日・夕刻、ニミッツはスプルーアンスとフレッチャーを自室へ呼び出した。

周知のとおりフレッチャーは第一七任務部隊を率いている。次の作戦では「サラトガ」をフレッチャーの指揮下へ入れ、「ワスプ」をスプルーアンスの指揮下へ加える予定になっていた。

そのことを二人に伝えた上で、ニミッツがあらためて言った。

「敵がガ島に建設しようとしている飛行場は七月三一日（ソロモン現地時間）に完成する。まさかわれわれが飛行場の完成時期を知っている、とは日本軍も思うまい……」

二人がちいさくうなずくのを見て、ニミッツが続けた。

「有り体に言えば、完成直後の敵飛行場をかすめ取ってやろう、というのだ」

「……ほう」

フレッチャーが息をもらして感心すると、ニミッツはなおも続けた。

「戦闘機ぐらいは多少配備されているかもしれないが、完成直後だからそう多くはないはずだ。たとえて言うなら、生後まもない赤子の手をひねるようなものだから、空母は〝二隻〟もあれば充分だろう？」

ニミッツの言う空母二隻とは、いうまでもなくフレッチャーが率いる「ヨークタウン」と「サラトガ」のことだった。

「日本軍がそこまで用心深ければ大したものですが、日本人は意外と淡泊なので、おそらく不意を突けるでしょう」

フレッチャーがそう応じると、ニミッツは深々とうなずいた。

執拗に一神教を信じている人種に比べれば、日本人はなるほど淡泊にちがいなかった。ここにもあそこにも神様が居るので、一人ひとりの神様に対しては淡泊にならざるをえない。とことん議論を尽くして〝白黒をはっきり付ける〟というような執拗さを大抵の日本人は嫌う。

「ああ。おそらく奇襲を期待できる。ガ島の飛行場を空母二隻でかすめ取れば、必ずナグモが出て来る。まずは二隻が囮となって誘い出し、五隻で待ち伏せして一気にナグモを叩いてやろう、というのだ」

するとフレッチャーが首をかしげながら訊いてきた。

「しかし口で言うのは簡単ですが、ナグモの指揮下には今や、八隻以上もの空母が存在するのではありませんか？」

実際そのとおりだが、ニミッツは暗号解読情報を二人に開示して、日本の空母が〝六隻と三隻に分かれている〟という事実をまず説明し、さらに付け加えて言った。

「トラックから出て来る機動部隊のほうが六隻でこちらがナグモだ。かたや、残る三隻は攻略部隊に属してラバウルから出て来る。つまり出撃して来る基地がちがうので、六隻はガ島の北方、三隻はガ島の北西方から現れる。これをガ島の東南東すなわちサンタクルーズ方面で待ち伏せし、ナグモの懐に在る六隻だけをまず各個撃破してやろうというのだ」

すると今度は、スプルーアンスがつぶやいた。

「なるほど、それは妙案に思いますが、敵空母の出撃地や針路に万一でも誤りがあるとすれば、困りますすね……」

　スプルーアンスでなくともだれもがいちどは暗号解読情報の信憑性を疑うところだが、これにはニミッツが自信たっぷりの表情で応じた。

「最初のうちは私もそう思ったが、暗号解読班によってなされた報告はすべて正しいものばかりだった。サンゴ海に出て来た敵空母の数にまちがいはなかったし、その時点で〝日時の特定はできない〟という報告も正確で正直なものだった。その分析精度があらゆる面で向上し、ナグモの空母部隊がトラックを根拠地としており、ガ島の北方から進軍して来ると判明したのだ。もちろん一〇〇パーセントということはありえない。だが、私は九〇パーセント以上の確率で信用してよいものと判断した。空母数で劣るわがほうは、この情報を最大限に活かして果敢に戦いを挑むべきだと思うが、ちがうかね？」


　すると、スプルーアンスは即答した。

「長官がそう判断されたのであれば、われわれはその決定に従うのみです」

　これにニミッツがうなずいてみせると、フレッチャーが意を決して訊いてきた。

「いつ、パール・ハーバーから出撃しますか？」

「七月一五日（ソロモンでは一六日）には両部隊とも出撃してもらう」

　そう答えた上で、ニミッツはさらに説明した。

「ソロモン現地時間の八月一日・早暁に『ヨークタウン』と『サラトガ』でガ島を空襲してもらうが、最も重要なことは残るわが三空母『エンタープライズ』『ホーネット』『ワスプ』を必要以上にガ島へ近づけないということだ」

　ニミッツがあらためてそう念を押すと、これにはスプルーアンスが応じた。

「一旦『ヨークタウン』と『サラトガ』を後方へ下げ、ナグモの空母六隻がガ島の北方へ出て来たことを確認してから、わが空母五隻で一気に戦いを挑もうというのですね？」

「ああ、そうだ。そのために八月二日以降の、わが五空母の合同地点をガ島の東南東三〇〇海里の洋上と定めておく。くれぐれも事前に発見されてはならない。『エンタープライズ』などの存在を事前に暴露するようなことがあれば、敵はラバウルから出撃して来る三空母を必ずナグモの指揮下へ入れて空母の数で圧倒して来るだろう。それを避けるためにも第一七任務部隊はガ島と同時にツラギにも空襲を加え、日本軍飛行艇の活動を事前に封じておく必要がある！」

ニミッツの説明に二人は厳かにうなずき、これでアメリカ太平洋艦隊の方針は決まった。

さらに計画の詳細を詰め、ニミッツ大将は七月八日に作戦部隊の編成を内示したのである。

作戦名〔ウォッチ・タワー作戦〕

【第六一任務部隊】空母機動部隊

／指揮官フランク・J・フレッチャー中将

◎第一七任務部隊　フレッチャー中将兼務

・空母「ヨークタウン」　搭載機七八機

（戦闘機三二、爆撃機三二、雷撃機一四）

・空母「サラトガ」　搭載機七八機

（戦闘機三二、爆撃機三二、雷撃機一四）

・戦艦「ワシントン」「ノースカロライナ」

戦艦「サウスダコタ」

・重巡「インディアナポリス」

重巡「ポートランド」

・駆逐艦一〇隻

◎第一六任務部隊　スプルーアンス少将
・空母「エンタープライズ」搭載機七八機
（戦闘機三一、爆撃機三一、雷撃機一四）
・空母「ホーネット」搭載機七八機
（戦闘機三一、爆撃機三一、雷撃機一四）
・空母「ワスプ」搭載機六八機
（戦闘機二八、爆撃機二八、雷撃機一二）
・重巡「ミネアポリス」「サンフランシスコ」
重巡「ソルトレイクシティ」
・軽巡「アトランタ」
・駆逐艦一〇隻
〔第六二任務部隊〕水陸両用部隊
／指揮官リッチモンド・K・ターナー少将
○第一群　V・A・クラッチレー（英）少将
・重巡「オーストラリア」「キャンベラ」
重巡「シカゴ（米）」
・軽巡「ホバート」
・駆逐艦四隻
○第二群　ノーマン・C・スコット少将
・重巡「ヴィンセンス」「クインシー」
重巡「アストリア」
・軽巡「サンジュアン」
・駆逐艦四隻
○強襲上陸部隊　A・バンデグリフト少将
ガ島上陸部隊／約一万一〇〇〇名
ツラギ上陸部隊／約六〇〇〇名
予備兵力／約二〇〇〇名

出撃部隊全軍の指揮を執ることになったフランク・J・フレッチャー提督は、七月一五日付けで中将に昇進した。その指揮下には新型戦艦三隻も兵力に加えられている。

攻撃の主体となるのは五隻の空母だが、第一七任務部隊の指揮官を兼務するフレッチャー中将は空母「ヨークタウン」に将旗を掲げ、第一六任務部隊指揮官のスプルーアンス少将は空母「エンタープライズ」に将旗を掲げて出撃してゆく。

サンゴ海海戦時とはちがって雷撃機はすべてTBDデバステイターからTBFアヴェンジャーに世代交代しており、両任務部隊の航空兵力は今やワイルドキャット戦闘機一五六機、ドーントレス爆撃機一五六機、アヴェンジャー雷撃機六八機の合わせて三八〇機に達していた。

開戦以来アメリカ軍〝初〟となる、本格的な反攻作戦だ。作戦名は「ウォッチ・タワー作戦」と銘打たれ、本作戦には、島嶼基地攻略用の特別な訓練を積んだ第一海兵師団・約一万九〇〇〇名が上陸部隊として動員されることになった。

空母「ワスプ」は期日どおり七月一二日に修理を完了し、同じく修理を完了した空母「ヨークタウン」と「サラトガ」もアヴェンジャーなどの新機材を満載して、一二日にはパール・ハーバーに入港して来た。

久しぶりに戦線へ復帰する「ワスプ」「ヨークタウン」「サラトガ」の三空母は、念には念を入れて艦載機の発着艦テストをもう一度おこない、一四日・夕刻には重油の補給も完了した。湾内で再び勢ぞろいした五空母の雄姿を確認して、ニミッツも大きく〝よし！〟とうなずいた。

そして、出撃準備が万事ととのうと、ニミッツ大将は七月一五日に予定どおり〝作戦開始！〟を発令し、アメリカ海軍の空母五隻は一路ガ島沖をめざしてパール・ハーバーから出撃して行ったのである。

3

ガ島での飛行場建設は順調に進んでいた。

七月二八日には九割がた整備が終わり、現地設営隊から〝戦闘機の発着が可能になった！〟との報告があった。連合艦隊司令部はこれをガ島「ルンガ飛行場」と名付けた。

また、ブーゲンヴィル島のブインからも同様の報告があり、前々日の二六日にはブカ島の飛行場もすでに完成していた。この日、ラバウルから六機の零戦が飛んでブカ島飛行場に進出したが、ルンガ飛行場とブイン飛行場へ進出する予定の戦闘機は、じつは制空母艦「帝龍」で運ばれることになっていた。ルンガ飛行場に零戦一二機、ブイン飛行場に零戦六機の計一八機だ。

三つの飛行場が予定の期日より早めに完成したのはよかったが、第六航空隊の零戦一八機を搭載した「帝龍」は、二八日・午後晩くにトラックへ入港したばかりであった。

同艦以下、第二機動部隊の艦艇に対する給油は極力、急がれたが、それでも「帝龍」がラバウルへ向けて出港したのは、三〇日・正午過ぎのことだった。

七月三一日・午後一時四五分。ラバウルまでの距離が残りあと二五〇海里となった洋上から、制空母艦「帝龍」は第六航空隊の零戦一八機をラバウルへ向けて先行発進させた。ラバウルを中継して、あとは自力飛行でブインおよびルンガ飛行場まで進出させようというのだが、この日、ブカ島からは三機の零戦が発進してガ島の上空まで飛んでいたが、とくに不穏なうごきはなかった。

肝心の「帝龍」は、第二機動部隊麾下の全艦艇とともに八月一日の早朝にはラバウルへ入港する予定となっていた。

そのいっぽうで、同艦から飛び立った一八機の零戦は、この日のうちに全機がブイン飛行場まで進出し、翌・一日の朝に一二機がルンガ飛行場へ向けて飛び立つことになっていた。

第二機動部隊　指揮官　角田覚治少将

・制空「帝龍」　搭載機数・計九九機

（零戦八四、艦爆一五）

第三航空戦隊　司令官　多田武雄少将

・軽空「祥鳳」　搭載機数・計二七機

（零戦一二、艦爆六、艦攻九）

・軽空「瑞鳳」　搭載機数・計二七機

（零戦一二、艦爆六、艦攻九）

第六航空隊の零戦をラバウルへ発進させた時点で、「帝龍」の搭載機は固有の艦載機のみとなっており、三一日・午後二時の時点で第二機動部隊の航空兵力は零戦一〇八機、艦爆二七機、艦攻一八機の計一五三機となっていた。

そのころトラックでは、第一戦隊や第一遊撃部隊、第一機動部隊の全艦艇が三一日の夕刻までにようやく給油を完了していた。

第一機動部隊　指揮官　南雲忠一中将

第一航空戦隊　司令官　南雲中将直率

・空母「赤城」　搭載機数・計六六機

（零戦二一、艦爆一八、艦攻二七）

・空母「加賀」　搭載機数・計七二機

（零戦二七、艦爆一八、艦攻二七）

第二航空戦隊　司令官　山縣正郷中将
・空母「飛龍」　　　搭載機数・計五八機
（零戦二二、艦爆一八、艦攻一八、艦偵一）
・空母「蒼龍」　　　搭載機数・計五八機
（零戦二二、艦爆一八、艦攻一八、艦偵一）
第四航空戦隊　司令官　城島高次少将
・空母「隼鷹」　　　搭載機数・計四九機
（零戦二一、艦爆一八、艦攻九、艦偵一）
・軽空「龍驤」　　　搭載機数・計三三機
（零戦一五、艦爆九、艦攻九）
※艦偵は二式艦上偵察機

南雲忠一中将が率いる第一機動部隊の空母は計六隻。それら六空母が搭載する航空兵力は、零戦一二六機、艦爆九九機、艦攻一〇八機、二式艦偵三機の計三三六機に達していた。

第一、第二機動部隊の艦載機を合わせると、その数は全部で四八九機に及び、米空母五隻の全搭載機数三八〇機を優に一〇〇機以上は上まわっていた。

むろん敵空母の詳細な搭載機数など、南雲、フレッチャー両中将は知る由もなかったが、それを第一機動部隊のみで比べると、日米の航空兵力は逆転し、帝国海軍の空母六隻が搭載する航空兵力は、米海軍の空母五隻が搭載する航空兵力よりも四〇機ほど下まわっていたのであった。

こうして連合艦隊の〝作戦〟準備もほぼととのいつつあったが、連合艦隊の考える作戦とは、じつはエスピリトゥ・サント島（以下エス島）の米軍飛行場に牽制攻撃を仕掛けることだった。

牽制攻撃とは米側でいうところの、空母によるヒット・エンド・ラン攻撃にほかならない。

七月三一日の朝にはガ島進出用の航空隊を満載した護衛空母「大鷹」「雲鷹」が無事にトラックへ到着していた。「雲鷹」は五月三一日に竣工、習熟訓練もすでに終えていた。

零戦二四機、艦爆一二機、艦攻一二機の計四八機を搭載した両護衛空母は、八月二日の午前中にトラックを出てガ島まで機材を輸送し、ルンガ飛行場へこれら四八機を八月五日までに送り届ける予定となっていた。先に自力移動している六空の零戦一二機と合わせて、八月五日には全部で六〇機の海軍機がガ島へ配備されることになる。

――六〇機もあれば、ガ島の防衛はひとまず安心できるだろう……。

ガ島の確保に自信を得た連合艦隊司令部は、同島の防衛体制が構築される八月五日を見計らって第二機動部隊をサンゴ海へ派遣し、「帝龍」以下の三空母でエス島に牽制攻撃を仕掛け、ガ島の南方海域へ〝米空母を誘い出そう〟と計画していたのであった。

「首尾よく、米軍機動部隊が誘いに乗じて来た場合には、第一機動部隊もトラックから出撃させて空母決戦を挑み、ガ島の南方海域で敵空母を殲滅してやろうではないか……。なに、米軍が誘いに乗って来なければ、こちらは着々と基地航空隊の配備を進めて、ソロモン諸島の防衛力を強化してゆけばよい」

参謀長の山口少将がそう案じると航空参謀の樋端中佐もこれにうなずき、最終的には山本長官もエス島攻撃に同意していた。

――エス島を突けば、空母が出て来るにちがいない。……敵空母はおそらく三隻、多くても四隻程度だろう……。

山口や連合艦隊幕僚らはそう考えていたが、第二機動部隊のエス島攻撃と呼応して、第一機動部隊も八月二日にはトラックから出撃、四日以内にエス島近海へ向かい、米空母の出現に備えることになっていた。

しかしニミッツ大将の太平洋艦隊司令部は、日本側のこのうごき（エス島に対する牽制攻撃）にもきっちりと気づいていた。

——その前にこちらから先に仕掛け、日本軍にひと泡吹かせてやる！

空母五隻を擁する米軍・第六一任務部隊は、七月三〇日の朝にはすでにエフェテ島（エス島の南南東およそ一六〇海里）のハバナ港から出撃していた。

アメリカ軍・空母五隻がめざすのはいうまでもなくガ島の東南東洋上であった。

第八章　ソロモン海の激闘！

1

昭和一七年（一九四二年）八月一日・ガ島現地時間で午前七時一二分――。

空母「ヨークタウン」と「サラトガ」から飛び立った一三二機に及ぶ攻撃機がガ島飛行場およびツラギに対して猛爆撃を開始した。

在地・日本軍守備隊はその直後から二時間ちかくにわたって〝敵機来襲！〟を知らせる緊急電を発したが、すでにブーゲンヴィル島のブイン基地からは予定どおり六空の零戦一二機が飛び立っており、米軍艦載機がルンガ飛行場を空襲しているそのさなかにガ島上空へと進入。それら零戦一二機と米軍攻撃隊とのあいだで、たちまちはげしい空中戦が始まった。

敵機はどれも基地攻撃に熱中しており、先手を取ったのは零戦だったが、いかんせん敵機の数が多すぎた。

ガ島上空には三二機のワイルドキャットが来襲しており、さしもの零戦も二倍以上の敵戦闘機を相手に俄然、苦戦を強いられた。しかも護るべきルンガ飛行場は、ドーントレスやアヴェンジャーから猛爆撃を受けてすでに大破しており、増槽を装備せずに発進していた零戦は、ブインへもどる積もりで戦わねばならなかった。

ブインからルンガ上空までは二六〇海里ほど距離があり、帰りのガソリンを残すとなると、そう長くは空戦を続けておられない。それでも六空の零戦は、ガ島上空で三〇分以上にわたって戦い続けたが、ワイルドキャットの反撃により五機を失い、まもなくガ島への進出をあきらめてブインへ引き返して行った。

零戦もむろんやられっ放しではなく一〇機以上の敵機を撃墜していたが、米軍攻撃隊はワイルドキャット四機、ドーントレス八機、アヴェンジャー六機の計一八機を失いながらもガ島、ツラギの日本軍基地に大損害をあたえて、先制奇襲攻撃に成功していた。

日本軍の守りが〝手薄〟とみた海兵隊指揮官のバンデグリフト少将は、早くもこの日の午前中に上陸作戦を開始したのである。

いっぽう、日本側の反応も決して遅くはなかった。ガ島の発した緊急電に、いちはやく動いたのは第八艦隊司令長官の三川軍一中将だった。

第二遊撃部隊を率いる三川中将はこの日・午前七時三〇分、ラバウルに投錨(とうびょう)していた麾下の艦艇に対して、手旗信号をもってただちに出撃準備を下令した。

さらに、敵〝上陸！〟の急報に接した三川中将は、連合艦隊の指示を待つことなく重大な決断をした。それは麾下の重巡群をつらねてガ島泊地へ殺到し、揚陸作業中にちがいない敵の輸送船団を砲撃、これを粉砕するという計画だった。

この大胆不敵な殴り込み作戦を立案したのは第八艦隊首席参謀の神重徳(かみしげのり)大佐で、のちに「第一次ソロモン海戦」と呼ばれる戦いがこれで生起することになる。

基幹となる第八艦隊は編制されたばかりで、訓練が充分ではない。そのため複雑な隊形は避けて全艦を〝一本棒につらねる〟単縦陣で突っ込むことにした。そして敵空母の存在に危惧をいだいた三川中将は、この朝ラバウルに入港したばかりの第二機動部隊の旗艦「帝龍」を訪れ、角田中将に対して〝後詰め〟を依頼した。

ラバウルからガ島・ルンガ泊地までの距離はおよそ五四〇海里。第二遊撃部隊が速力二〇ノットで突進し続けたとしても優に二四時間以上は掛かる。本日中の突入は物理的に不可能だ。

三川部隊によるガ島突入は夜戦を期して二日の夜に実施するが、翌・三日の朝には必ず米軍艦載機が来襲するであろうから、第二遊撃部隊の上空を「帝龍」以下三空母の搭載する零戦で〝護って欲しい！〟というのである。

第二機動部隊は本来、八月三日の朝にラバウルから出撃して、エス島方面へ向かうことになっていた。が、三川の依頼に角田はふたつ返事で承諾し〝後詰めに出る！〟と約束した。

給油後、遅くとも二日の午後にはラバウルから出撃し、「帝龍」「祥鳳」「瑞鳳」の艦上から三日の早暁に零戦を放って〝第二遊撃部隊に航空支援をあたえる！〟と約束したのだ。

これで〝鬼に金棒！〟を得た、とばかりに第二遊撃部隊はこの日（一日）午後にラバウルから出撃、予定どおりの針路でガ島沖をめざし、一日の夜にはブカ島の西方海域を通過した。

翌二日の早暁にはブーゲンヴィル島の北東・約五〇海里の洋上まで前進していたが、出撃後もラバウル航空隊などから報告がもたらされ、敵情がおぼろげながらもみえてきた。

敵空母の動静はもちろんだが、三川中将のこの時点での最大の関心事は、上陸船団を護衛して来た敵の水上部隊が、いまだガ島泊地に居すわっているか〝どうか？〟ということだった。

しかし〝わかったこと〟といえば、敵輸送船の数は約三〇隻で、上陸用舟艇の動きが〝活発である！〟ということだけで、肝心の敵艦隊に関する情報はなにも入らなかった。

そこで二日・午前六時。旗艦「鳥海」と第一八戦隊の軽巡「天龍」「龍田」から、計四機の水偵を発進させてガ島周辺の状況を偵察した。すると各水偵から『輸送船のほかに敵艦多数あり！』との報告が入り、三川中将はこれで敵艦隊との対決をいよいよ覚悟するにいたった。

午後一時までに水偵の収容を終えた三川・第二遊撃部隊は、ラバウル航空隊がこの日・午前中にもたらした報告とあわせて、敵情を再検討した結果、ガ島周辺には概して〝戦艦一、巡洋艦四、駆逐艦九、輸送船一五〟が存在すると判断。

結局はいずれの機も敵空母を発見しなかった。事ここにいたって三川司令部は、ガ島の二〇〇海里圏内に〝敵空母は存在しない！〟と断定。ガ島泊地をめざし突入しても、日没までに米軍艦載機から空襲を受ける公算は〝すくない！〟という結論に達したのであった。

早朝に水偵を発進させて以降、第二遊撃部隊はブーゲンヴィル島の南方洋上をゆきつもどりつして機宜行動をおこなっていたが、午後一時を期してついに南下し始めた。

速力二〇ノットで午後一時三〇分過ぎにブーゲンヴィル水道を通過すると、さらに六ノットほど増速してチョイセル島とベララベラ島のあいだへ進入。やがて待望の日没を迎えた。

　この日・午前八時ごろに第二遊撃部隊は敵哨戒機によって発見されていたので、司令部のだれもが不安をいだいていたが、今まさに日が暮れようとしている。

　午後五時五二分。三川中将が座乗する重巡「鳥海」のメイン・マストに戦闘旗がひらかれ、その訓示が麾下全艦艇に告げられた。

『帝国海軍の伝統たる夜戦において、必勝を期し突入せんとす！　各自冷静沈着よく、その全力を尽くすべし！』

　三川は知る由もなかったが、このとき空母「ヨークタウン」「サラトガ」は、残る三空母「エンタープライズ」「ホーネット」「ワスプ」と合同するために、サンタクルーズ方面（ガ島の東南東）へ一旦、軍を下げていたのである。

2

　重巡「鳥海」を先頭に立て、一二〇〇メートル間隔で全艦艇がその航跡に続いていた。単縦陣で味方識別の吹き流しをはためかせつつ、速力二六ノットで疾走してゆく。

　日没時には海が凪いでいたが、夜に入ると風が出てきて次第にうねりが高まってきた。断続的にスコールも降ったが、視界はおおむね良好だ。

　午後一一時過ぎ。前方洋上にうっすらと島影が見えてきた。サヴォ島である。

　ちょうどそのとき、ツラギ方面の空の一郭が赤く染まっていたが、それは、ラバウル航空隊から昼間に攻撃を受けた敵の輸送船一隻が、いまだに燃えているのだった。

午後一一時四三分。部隊は各艦・戦闘配置に就いたまま針路一四〇度、速力二六ノットでサヴォ島の南側へ進入した。が、その直後に「鳥海」の見張り員が声を上げ、報告した。

「敵艦在り！　右舷二〇度方向、距離およそ九〇〇〇（メートル）！」

続いてかれは「駆逐艦らしき艦影一隻！」と報じたが、その敵艦はまもなく反転し、見張り員もやがて敵艦を見失った。

夜戦を仕掛けるにはすこし距離が遠いので三川は砲撃命令を自重したが、これがよかった。

おそらく警戒配置に就いていた敵駆逐艦にちがいないが、これでいよいよ〝敵が近いぞ！〟とみた三川中将は、サヴォ島の南岸寄りに航行しつつ増速、ガ島とのあいだの水道を指してさらに部隊を前進させて行った。

そして、日付けが変わった三日・午前零時二六分、三川はまず〝各艦・独自に艦長が戦闘指揮を執れ！〟という命令を発し、続いて午前零時三〇分に、満を持して下令した。

「全軍、突撃せよ！」

隊形は変わらず単縦陣で、旗艦「鳥海」と殿艦を務める駆逐艦「夕凪（ゆうなぎ）」までの距離はおよそ一万二〇〇〇メートルに及んでいた。

空には、まだ月が出ていないが、あと三〇分ほどで月の出を迎える。

はたして、三川中将の発した命令は〝ドンピシャ！〟だった。

突撃命令を発した直後に、「鳥海」が左一一七度方向に艦影を発見。艦長の早川幹夫（はやかわみきお）大佐はこれを敵巡洋艦と判断し、午後零時三八分に距離およそ四五〇〇メートルで魚雷の発射を命じた。

放たれた魚雷は四本。残念ながらこれは一本も命中しなかったが、ついに海戦の火ぶたが切って落とされた。

けれども、敵はまだ〝それ〟とは気づいておらず、「鳥海」はなおも接近し、さらに四本の魚雷を同じ敵艦へ向けて発射した。

そのころになってようやく敵は照明弾を撃ってきたが、およそ三七〇〇メートルの距離で放った二次発射の魚雷が見事に命中、敵巡洋艦が火柱を上げて轟沈するのが見えた。

帝国海軍が誇る一撃必殺の酸素魚雷を真っ先に喰らって遭えなく沈んでいったのは、サヴォ島の南方水路で警戒に当たっていた、豪重巡「キャンベラ」だった。

旗艦の殊勲を皮切りに、三川部隊の各艦が次々と敵艦に対し砲雷撃を加えてゆく。

そして、わずか六分間の戦闘で、南方水路の警戒に当たっていた敵・第一群の「キャンベラ」を轟沈、重巡「シカゴ」を中破し、まずはこの敵を大混乱におとしいれた。

その間、第二遊撃部隊はただの一艦も傷付いておらず、反撃する間もなく麾下の重巡二隻を撃沈破された第一群指揮官のビクター・クラッチレー英少将は泡を喰い、座乗艦・豪重巡「オーストラリア」と二隻の駆逐艦を一旦、東方へ退避させるので精いっぱいだった。

無傷の三川部隊は勢いそのままサヴォ島を左手に北進、今度は北方水路の警戒に当たっていた米重巡三隻と駆逐艦二隻を視界にとらえた。三川中将は敵艦の出現を予想していなかったが、とっさに「鳥海」以下の重巡五隻に探照灯の使用を許可して、敵の切っ先を制した。

暗闇のなかに敵艦の影がくっきりと浮かび上がり、帝国海軍の重巡五隻は三〇〇〇メートルから七〇〇〇メートルの距離を隔て、主砲だけでなく高角砲や二五ミリ機銃までぶっぱなし、敵重巡に対して猛烈な射撃を加えた。

距離が近いため乱戦となり、重巡の主砲弾はほぼ水平に飛び、弾の貫通した破孔から敵艦内部で発生した火炎が見えるほどだった。

米重巡はそもそも魚雷を装備していない。

敵味方が入り乱れての乱打戦はたっぷり二〇分ほど続き、「鳥海」は作戦室その他に命中弾を受けたが、不発弾が多く、大した被害はなかった。

さらに「青葉」が魚雷発射管に機銃弾を受けて小火災を起こしたが大事にはいたらず、三川部隊は敵・北方部隊との第二次戦闘においても、再び完全にちかい勝利をおさめた。

「鳥海」以下の日本軍重巡五隻からつるべ撃ちに遭い、数えきれないほどの二〇センチ砲弾を喰らった米重巡「ヴィンセンス」「クインシー」「アストリア」は爆炎に包まれ、艦内で誘爆をくり返しながら航行を停止、三隻とも残らず海中へ没していった。

残る駆逐艦二隻も小・中破し、ガ島泊地へ向けすでに退避し始めていた。

三川中将が砲撃中止を命じたとき、時刻は午前一時一五分になろうとしていた。周囲にはいまだ生々しい硝煙が立ち昇っていたが、第二遊撃部隊は戦闘中、サヴォ島をくるりと左回りに一周したような格好となっていた。部隊はサヴォ島の北へ出て、旗艦「鳥海」の艦首は今、北西を向いている。その五〇〇海里ほど先には、むろんラバウルが在った。

　二度にわたる激戦により将兵にも多少の疲れが見え始めている。また、主力となる「鳥海」や第六戦隊の重巡四隻は、すでにすべての魚雷を使い果たしていた。三川中将が額に手を当て思案していると、その迷いを察したようにして艦長の早川大佐が口火を切った。

「長官！　このままサヴォ島をもう一回りしてガ島泊地へ突入し、敵の輸送船団を叩きつぶしましょう！」

　しかし、三川中将はまだ考えており、これには参謀長の大西新蔵少将が応じた。

「だが、索敵報告では敵艦隊には〝戦艦も一隻いる〟となっていた。それに〝一五隻いる〟とされた敵艦のうち、われわれは五隻程度を撃沈したにすぎない。しかも敵はもはや相当に警戒しているはずで、これまでのような奇襲はむつかしい」

　むろん〝戦艦〟というのは索敵機の誤認だったが、大西が言うようにこの時点で上陸船団を護る米艦隊の兵力は〝重巡一、軽巡二、駆逐艦七〟の計一〇隻となっていた。

　中破した重巡「シカゴ」と駆逐艦一隻はすでに同海域から離脱しようとしており、クラッチレー少将の座乗する重巡「オーストラリア」とノーマン・C・スコット少将の座乗する軽巡「サンジュアン」および「ホバート」がこの時点での主力となっていた。

　東方水路の警戒に当たっていたノーマン少将の軽巡二隻と駆逐艦三隻はいまだ戦いに参加していない。軽巡以下のこれら五隻はすべて〝爆雷〟搭載艦でおもに対潜警戒に当たっていた。米豪軍は主力の重巡をガ島の西方・サヴォ島の南北に配置して日本軍艦隊の進入に備えていたのだ。

大西が言うように残る米艦艇は一〇隻ほどいたが、早川も負けていない。

「もし、戦艦がいるとすれば、とっくに出て来ているはずです！　しかも、われわれが撃沈したのはほとんど甲巡（重巡）でしたから、残る敵艦は乙巡（軽巡）以下の弱小艦ばかりのはずです！」

早川は水雷が専門で〝猫の眼〟に絶対の自信を持っている。なるほど、これまでに沈めた敵艦はすべて重巡であり、かれの観察眼におよそ狂いはなかった。

対して味方はほとんど無傷にちかく、これまでに得た勝利は、先陣を切って突入した「鳥海」を見事に操ってみせた、早川艦長の功績がすこぶる大きい。その考えはすこし楽観的なきらいはあるが、三川も、早川艦長の〝眼〟はおよそ〝信用に値する〟と思っていた。


そしてなにより、第二機動部隊を率いる角田少将が、制空母艦「帝龍」による後詰めを約束してくれている。三川は大西参謀長の意見を退け、再突入を決意した。

「出撃した最大の目的は敵上陸船団の撃破だ。……ガ島泊地へ向け再突入する！　針路反転一八〇度、速力二六ノット！」

午前一時二一分。第二遊撃部隊は「鳥海」を先頭にし、再びガ島へ向けて疾走し始めた。

およそ二五分後、「鳥海」の見張り員が再び声を上げ、三川は即座に探照灯の照射を命じた。

「やはり戦艦はいません！」

早川はそう看破したが、さすがに敵艦隊もルンガ泊地の沖合いですでに集結を終えており、今度はなにがなんでも突入を阻止しよう、とさかんに照明弾をぶっぱなしてきた。

めざすルンガ泊地はかなり近い。が、先頭をゆく「鳥海」は三隻の敵巡洋艦から集中砲火を浴び始めた。

それでも「鳥海」は突っ込むが、まもなく敵弾の一発が右舷煙突付近に着弾して、艦上でついに火災が発生した。それを見て首席参謀の神大佐が急ぎ三川に進言した。

「先頭を『青葉』にゆずり六戦隊と六水戦の突入で敵艦隊を蹴散らしましょう！『夕張』と駆逐艦四隻にはまだ半数の魚雷が残っております。……その上で『鳥海』の立てなおしを図り、一八戦隊とともに船団攻撃に向かうべきです！」

三川がちらっと早川のほうを見ると、早川もただちにうなずいた。火災による煙で右方向の視界が利かず、「鳥海」が先頭のままでは〝部隊全体が混乱する〟と考えたのだ。

二番手をゆく重巡「青葉」には第六戦隊司令官の五藤存知少将が座乗している。すぐさま信号で司令部の考えを伝え、「鳥海」が左へ回頭、針路をゆずると、たちまち「青葉」が部隊の先頭におどり出た。

これで「青葉」「衣笠」「古鷹」「加古」および軽巡「夕張」と駆逐艦四隻の計九隻が敵艦隊へ立ち向かうことになったが、針路をゆずった直後に三川は、敵重巡の艦上からも火の手が上がっているのを認めた。

――撃ち合いは、ほぼ互角だ！

やがて「鳥海」は北方へ退避してしばらく消火に専念、同じく隊列から離れた第一八戦隊の「天龍」「龍田」と五分ほどで合流した。それはよかったが、懸命の消火にもかかわらず、「鳥海」は火を消し止めるのにたっぷり一五分を要した。

その間も、「青葉」以下の艦艇ははげしい戦いを続けており、第二砲塔が射撃不能におちいるなどして「青葉」が中破、「衣笠」も小破して、四番手をゆく「加古」が敵駆逐艦の放った魚雷を喰らって、ついに沈没してしまった。

が、米豪軍も重巡「オーストラリア」が戦場からの離脱を余儀なくされて、軽巡「ホバート」も酸素魚雷を喰らって轟沈した。軽巡「サンジュアン」に座乗するスコット少将は、それでも戦いを捨てようとはしなかったが、午前二時一〇分ごろに態勢を立てなおした「鳥海」「天龍」「龍田」が泊地へ迫り、砲撃を開始すると、これで〝船団を救える見込みがなくなった！〟とスコット少将もついに抵抗をあきらめ、麾下残存部隊に東方への退避を命じたのだった。その直前に米艦隊は駆逐艦「ジャーヴィス」も失っていた。

最後の第三次戦闘は双方ほぼ互角の戦いを演じていたが、重巡の数で上まわる第二遊撃部隊が敵を押し切るかたちとなり、帝国海軍がかろうじて勝ちをおさめたのである。

やがて「鳥海」以下の砲撃に六戦隊の重巡三隻なども加わって、第二遊撃部隊はその後一時間ちかくにわたってしこたま砲弾を撃ちまくり、敵輸送船九隻を血祭りに上げた。が、その砲撃中に重巡「古鷹」が機雷に接触、大量の浸水をまねいて速度が一二ノットまで低下してしまい、三川中将は午前三時一五分にラバウルへの引き上げを命じたが、その命令に「古鷹」は付いて来られず、翌朝、ガ島飛行場を飛び立ったワイルドキャットから爆撃を受け、米潜水艦にとどめを刺された。

「帝龍」から発進した零戦も、大きく後れた「古鷹」を救うことはできなかった。

上陸した米軍はわずか三六時間ほどで飛行場を使用可能にしており、護衛空母「ロングアイランド」によって早々と一二機のワイルドキャットを輸送、ガ島飛行場に配備していたのである。

しかし、第二遊撃部隊の砲撃によって海兵隊もかなりの損害を被り、荷揚げ作業の終わらぬ輸送船に載せられていた武器、弾薬や食料品などを大量に焼失、上陸に成功した兵員も結局九〇〇〇名程度にとどまっていた。

3

日本軍水上部隊が〝ガ島泊地に突入した!〟との報告は、フレッチャー中将も聞いていた。けれどもそれは、味方上陸船団が砲撃を受けたあとのことだった。

むろんラバウルへ引き揚げようとする三川部隊を空母「ヨークタウン」などの艦載機で空襲するという選択肢もあったが、それを空襲したとて焼失した武器、弾薬や輸送船などがもどるわけではなく、フレッチャー中将は、追撃の方針を決して採らなかった。

なぜなら、フレッチャーは『トラックからナグモが出撃した!』という知らせをすでに太平洋艦隊司令部から受けており、味方空母部隊の存在をあえて暴露するようなガ島への接近は、空母決戦を前にして〝絶対に避けるべきだ!〟と判断したからであった。

——ラバウルへ逃げ帰ろうとする敵を、今さら追い掛けても仕方がない。ナグモの率いる空母六隻を退けることこそが、ガ島を死守しようとする海兵隊への最大の援助になる!

じつにそのとおりで、ニミッツ大将も南雲機動部隊の撃破を第一に望んでいた。そのために多くの潜水艦をトラック近海に潜伏させておき、そのうちの一隻が、トラックから出撃した敵空母群を首尾よく発見するや、ニミッツ大将はそれをいちはやく、洋上待機中のフレッチャー司令部に知らせていた。

南雲中将の率いる第一機動部隊がトラックからの出撃を完了したのは、八月一日・午後五時過ぎのことだった。

ガ島〝空襲さる！〟の通報を受けて、連合艦隊司令部は第一機動部隊に対してすみやかにトラックから出撃するよう命じ、一日・午後三時には空母「赤城」以下の艦艇がガ島沖をめざして続々と出撃を開始した。

――なにっ、はやくも米空母が出て来たかっ！

ルンガ飛行場は完成したばかりで、連合艦隊司令部のだれもがそう思ったが、まさか帝国海軍の暗号が〝解読されている〟とは、だれ一人としてこの時点では気づいていなかった。

空襲を受ける直前の早暁にツラギから発進していた九七式飛行艇が、午前七時三〇分ごろにガ島の東南東洋上に〝米空母二隻あり！〟と通報してきたが、同機は、敵空母直掩のグラマンによって撃ち落とされたのにちがいなく、その後まもなくして音信不通となってしまった。

この日・午前中には、はやくも米軍が〝上陸を開始した！〟との知らせが「大和」に入り、もはやこうなると、エス島に牽制攻撃を仕掛けているような場合ではなかった。

エス島攻撃はにわかに中止となり、第一機動部隊を急ぎガ島近海へ派遣すると決まった。

また午後には、三川中将の第二遊撃部隊も〝ラバウルから出撃した〟とわかり、是が非でもガ島を〝死守する必要がある！〟と考えた山口参謀長は、近藤中将麾下の第一遊撃部隊もラバウルへ進出させるように進言し、山本長官もその必要性を認めてこれに同意していた。

さらに連合艦隊司令部は、角田少将の第二機動部隊にもエス島作戦の中止を告げ、八月二日中にラバウルから出撃して、おそくとも三日の午前中にはガ島飛行場および、ガ島近海で行動中の連合軍艦艇に対して、空襲を実施するように命じたのである。

いっぽう、オアフ島から通報を受けた「ヨークタウン」艦上のフレッチャー司令部は、南雲部隊がガ島の北方洋上へ現れるのは、早くても〝三日以降のことになる〟と予想した。

そこでフレッチャー中将は、三川部隊を追い掛けるようなことはせず、予定どおりガ島の東南東三〇〇海里の洋上で、まずはスプルーアンス少将麾下の三空母と合同しつつ重油の補給を終え、万全の態勢をととのえた上で、五空母を率いてガ島の北東海域へと北上し、そこで〝南雲部隊を待ち伏せする！〟との方針をかためた。

こうして八月一日の午後をさかいにして日米の各部隊が順次、作戦行動を開始したが、その後の日本側の動きは、フレッチャー司令部のほぼ読みどおりに推移していった。

唯一の誤算は日本軍・第二遊撃部隊によるガ島泊地への殴り込み攻撃だったが、それによる味方上陸部隊の損害は別として、敵機動部隊によるガ島への空襲は、フレッチャーがほぼ考えたとおりのタイミングで実施された。

最初にガ島飛行場（ヘンダーソン基地）へ反撃の空襲を加えてきたのは、ラバウルから出撃して来た日本の空母三隻にちがいなく、その空襲は三日の午前八時二〇分ごろから始まって、午前九時過ぎには終了した。アメリカ軍は占領後、ガ島飛行場を「ヘンダーソン基地」と呼ぶようになっていた。

その空襲によりヘンダーソン基地は四機のワイルドキャットをまず失ったが、来襲した日本軍艦載機はガ島の〝北西〟方面へ引き揚げて行ったので、これでフレッチャー中将は、日本の空母が予想どおり〝六隻と三隻に分散した！〟と確信するにいたった。

――よし！　暗号解読班が指摘したとおり、もう一方の敵空母三隻は、ナグモの六隻と合同することなく、ラバウルから出撃して来た！

こうなれば占めたもの、あとは存分に、南雲の率いる六空母を叩きのめすのみだが、三日の午前一一時には、そこへおあつらえ向きの報告が飛び込んで来た。

この日（三日）・午前六時を期してサンタクルーズ基地から索敵に飛び立っていた一機のＰＢＹカタリナ飛行艇が、南雲提督が率いているのにちがいない日本の空母群をガ島の北・約三三五海里の洋上に発見したのだ。

『敵艦隊発見！　空母四、戦艦二、その他随伴艦多数！　敵艦隊はサンタクルーズの北北西およそ五四〇海里の洋上をガ島へ向け速力二〇ノットで南進中！』

これはフレッチャーが待ち望んでいた報告であり、肝心の〝空母は四〟となっていたが、かれは即座に〝ナグモの部隊だ！〟と断定した。

そしてフレッチャー中将は、ただちにスプルーアンス少将と示し合わせて、指揮下の空母五隻に北上を命じた。

めざすは（A点）ガ島の北東・約二四〇海里の洋上。ここならば、ラバウル出撃の敵三空母とは四〇〇海里程度の距離を取ることができ、トラック出撃の敵空母群を翌朝（四日朝）には、味方艦載機の攻撃圏内（二〇〇海里圏内）に捉らえることができる。

合同後、味方空母五隻は敵機などの接触を一切ゆるしておらず、フレッチャー、スプルーアンス両提督は勝利の期待を胸に秘め、針路北北西、速力一六ノットでA点をめざし、部隊を北上させて行った。そして、その進軍途上の三日・夕刻にはトラック出撃の敵空母群もまた〝ガ島を空襲してきた！〟と判明した。

その空襲によりヘンダーソン飛行場は壊滅的な損害を受け、護衛空母「ロングアイランド」で配備したせっかくのワイルドキャットも九機までを撃ち落とされてしまったが、南雲部隊がこの日のうちにガ島を空襲したことで、フレッチャー中将は午後六時二五分に薄暮も終わると、いよいよ待ち伏せが〝成功した！〟と確信、あと約一〇時間でA点に到達し、運命の日・八月四日を迎えようとしていたのである。

4

一九四二年八月四日・ソロモン現地時間で午前五時三〇分――。フレッチャー中将の率いるアメリカ軍空母五隻は予定どおり、ガ島の北東およそ二四〇海里の洋上（A点）に達していた。

本日の日の出は午前六時八分。午前五時三五分ごろに空がうっすら白み始めてくると、フレッチャー中将は、日本軍機動部隊が存在するであろう西方へ向けてドーントレス爆撃機を放ち、索敵を開始した。

索敵に出るのは偵察爆撃隊のドーントレス一六機。全機が五〇〇ポンド爆弾一発ずつを装備して空母「ヨークタウン」から発進して行った。

いっぽう日本軍は、同じく四日・午前五時三〇分の時点で角田中将の第二機動部隊がガ島の北西二〇〇海里の洋上へ進出しようとしており、南雲中将の第一機動部隊はガ島の北・約二〇〇海里の洋上へ達していた。

両機動部隊はともにガ島を空襲する。ガ島の米軍をさらに叩けば、それを見過ごせず〝米空母が出て来るだろう……〟との考えだ。

第二機動部隊の旗艦・制空母艦「帝龍」の艦上では、航空参謀の淵田美津雄中佐が朝を迎える前から角田少将に進言していた。

「昨日は二五〇海里の距離で攻撃を仕掛けましたので、ガ島上空で一時間ほどしか零戦がねばれず、グラマン数機を取り逃しました。敵飛行場に爆撃機は一機も見当たらず反撃を受けるような心配はありません。本日は朝早くからガ島の二〇〇海里圏内へ踏み込み、波状攻撃を仕掛けましょう。そうすればガ島上空で戦う零戦の滞空時間を延ばすことができます」

角田少将がこれにうなずき、第二機動部隊はいまだ空が明けやらぬ午前四時三〇分に、北西・約二一〇海里の距離から零戦六〇機、艦爆二四機の計八四機を発進させて、早々とガ島の攻撃に差し向けていた。

かたや、第一機動部隊の旗艦・空母「赤城」の艦上では、トラック出撃時からすでに米軍を侮る空気がただよい始めていた。

事の発端は「サンゴ海海戦」での勝利だ。一航戦搭乗員や赤城司令部幕僚らは〝サラトガ型空母撃沈、ヨークタウン型空母二隻大破！〟という同海戦での勝利を「妾の子でも勝てた！」と拍手で揶揄し、一航戦が出てゆけば「もっと決定的な勝利をおさめる！」といい気なものだった。

二航戦と技量に劣る五航戦の組み合わせでも勝てたのだから、横綱級の腕前を持つ一航戦と二航戦の組み合わせで出てゆけば〝楽勝だ！〟というのである。

実際には「ヨークタウン」「ワスプ」は中破した程度で修理をすでに終えていたが、味方攻撃隊の戦果は大抵の場合、誇張されて伝わる。

攻撃隊の戦果が誇張されて伝わるのは米側も同じで日本に限ったことではないが、伝わるたびに話が大きくなり、「ヨークタウン」と「ワスプ」はいつの間にか〝大破した〟ということになり、赤城幕僚らは、この期に及んでも〝二隻は修理中にちがいない〟と信じていた。

現に、空襲を受けた初日にツラギから発進して音信不通となった九七式飛行艇は、米空母は〝二隻！〟と報じていた。一航戦や赤城司令部の連中は、米軍は空母を出したくても〝二隻しか出せないのだ！〟と決め付けて、出撃可能な米空母は多くても〝三隻だろう……〟と敵をいたずらに過小評価していた。

――本来、基地攻撃は第二機動部隊のやるべき仕事だが、ガ島を徹底的に叩かねば敵空母は出て来ないだろう……。

緒戦から連戦連勝の南雲機動部隊はあまりにも強大で、米軍は〝空母が三隻では敵わぬ！〟と怖じ気づいているにちがいなく、米空母を炙り出すには、さらにガ島へ火を点けてまわるしかないと敵を見くびっていた。

こうした不敗神話を「赤城」で焚き付けているのは主として首席参謀の大石保大佐で、長官の南雲はそれをたしなめようともしない。

本来なら「米軍を甘くみてはならん！」と釘を刺すべきところだが、参謀長の草鹿龍之介少将も自尊心が強く、弱気と取られるのがいやで注意しようともしない。草鹿は第一課長を務めていたときもそうだった。結局は強硬論に同調し「三国同盟」にも大和型三、四番艦の建造にも見てみぬ振りをした。このとき「赤城」では米軍への侮りをおさえる者がだれもいなかった。

航空参謀の源田実中佐も強気で大石の強硬論に同調している。ただし、米空母が万一、出て来たときの対処策は考えておく必要があり、航空隊のやり繰りには源田もさすがに頭を使った。

練度が最も高い一航戦の艦攻と二航戦の艦爆は米空母の出現に備えて温存しておき、ガ島に対する攻撃は一航戦の艦爆と四航戦の艦爆で実施することにした。基地攻撃は〝艦爆だけでやろう〟というのだが、その上で比較的練度の高い二航戦の艦攻は基地攻撃に使うのが惜しいからまずは温存しておき、四航戦の艦攻で索敵をやろう、という計画を源田が立案した。

この計画にもとづいて第一機動部隊は、午前五時三〇分に零戦二四機、艦爆六三機をガ島の攻撃に差し向け、その発進が終わると、「龍驤」搭載の艦攻九機を索敵に出した。

「それでも米空母が出て来なければ、そのときはどうする?」

草鹿がそう訊くと、源田は平然と答えた。

「そのときは二航戦の艦攻と『隼鷹』搭載の艦攻でさらにガ島を攻撃します」

「一航戦の艦攻と二航戦の艦爆はあくまで温存しておくのだな?」

草鹿がなおもそう訊くと、源田は即答した。

「はい。海軍切っての精鋭ですから、基地攻撃をやらせて実戦経験を積ませる必要などなく、将来起きるであろう米空母との対決に備えて温存しておきます」

索敵には重巡「利根」「筑摩」搭載の水偵四機も出ることになっており、これ以上、問題にすべきようなことも見当たらず、あとは草鹿もだまってうなずいたのである。

5

八月四日の薄明(はくめい)を期して日米両軍機動部隊はたがいに索敵機を発進させたが、索敵合戦において先手を取ったのは米軍だった。

日本軍機動部隊の進出がとくに予想された海域に対してはドーントレス二機がペアを組みながら索敵に向かっており、午前六時五七分にそのうちの一機が南雲機動部隊の位置を知らせる報告電を打つと、その直後に雲間をぬって空母群の上空へ進入したもう一機が、やにわに急降下を開始して軽空母「龍驤」の頭上からすばやく五〇〇ポンド爆弾を投下した。

『敵空母は六隻！　わが隊の西方(微北)およそ一八〇海里に在り！』

一機がそう報告したとき、ちょうど四航戦の上空がガラ空きとなっていた。

　このとき、直掩は一航戦の零戦六機が担当していたが、一機の零戦がようやく敵機の進入に気づき、報告電を打ったドーントレスの爆撃は間一髪のところで阻止した。が、最初に突入したドーントレスの爆撃は阻止できず、「龍驤」は飛行甲板のほぼ中央に爆弾を喰らってしまった。

　甲高い炸裂音が周囲に鳴りひびき、「龍驤」の艦内奥深くで火災が発生。およそ一〇分後に火は消し止めたが、放水のため機関の一部が水びたしとなり、同艦の速度は一気に二一ノットまで低下した。これでは護衛空母並みの速度しか出せず、被弾からおよそ三〇分後には飛行甲板の穴をふさいだが、「龍驤」は攻撃隊の発進がほとんど不可能となってしまった。


　――や、近くに米空母がいるぞっ！

　完全な不意討ちを受け、「龍驤」が瞬時に戦力を奪われたのだから、だれもが泡を喰って、そう直感した。

　二機は東へ飛び去った。その方角からしてこれはガ島から来襲した敵機ではなかった。ましてやガ島の敵飛行場に対しては、早朝に出した第一波攻撃隊がすでに空襲を開始しており、基地から飛んで来たものとは考えられない。

　こうなれば一刻もはやく米空母を見つけ出して攻撃しなければならないが、そこへちょうど、索敵に出した一機の艦攻から報告が入った。

『敵艦隊見ゆ！　わが機動部隊の東方（微南）およそ一八〇海里！』

　それはよかったが、これでは肝心な空母の有無がまったくわからない。

時刻は午前七時一二分になろうとしていた。

通信参謀がまもなく〝艦種知らせよ！〟との指示電を発したが、二機の敵爆撃機が飛び去った方角と艦攻が伝えてきた敵艦隊の方角がほぼ一致していたので、この敵艦隊には〝空母がふくまれている！〟と考えてしかるべきだった。

ところが、赤城司令部の反応はすこぶる鈍感だった。攻撃隊の発進をただちに進言する者はおらず、航空参謀の源田でさえもさほどの危機意識がなく、手をこまねいていた。

「まずは索敵機の報告を待ちましょう。やみくもに攻撃隊を出しますと、本当に空母を発見したときに修正が利かなくなります」

草鹿や大石は漫然とこれにうなずいて、南雲も黙っていた。が、源田もバカではなく、第二波の攻撃機を飛行甲板へ上げるようには進言した。

空母「赤城」「加賀」の格納庫では雷装を終えた艦攻二七機ずつが待機し、空母「飛龍」「蒼龍」の格納庫でも艦船攻撃用の爆装を終えた艦爆一八機ずつが待機していた。最精鋭を自負する一航戦の雷撃隊と二航戦の降下爆撃隊だ。

それら攻撃機が飛行甲板へ並べられつつあるのはよかったが、あろうことか、敵艦隊発見の第一報を入れてきた先の艦攻が、突如として連絡を絶ってしまった。

――い、いかん！　敵戦闘機に撃ち落とされてしまったかっ！

だれもがそう思ったが、通信参謀が何度、呼び出しても、もはや同機からの応答はなかった。

すると源田が、急ぎ進言した。

「長官！　『飛龍』『蒼龍』から二式艦偵を追加で索敵に出しましょう！」

空母「飛龍」「蒼龍」「隼鷹」には高速の二式艦偵が一機ずつ搭載されていた。源田はそのうちの二機を急いで東方へ〝索敵に出そう〟というのである。

もちろん南雲に拒否する理由はなく、午前七時三五分には「飛龍」「蒼龍」から二式艦偵一機ずつが飛び立って行った。

音信不通となった索敵機の艦攻は、敵艦隊との距離を〝およそ一八〇海里！〟と報告してきたので、今からおよそ四〇分後の午前八時一五分ごろには、二式艦偵が敵艦隊上空へたどり着く。本来の巡航速度は二三〇ノットだが、今は緊急事態だし、距離がさほど遠くないのでガソリンを節約する必要があまりない。二機の艦偵は二七〇ノットの高速で東進して行った。

しかし、時間はあまりない。

午前八時五〇分ごろにはガ島を空襲した第一波が南雲部隊の上空へ帰投して来るし、発見した敵艦隊に空母が存在するとすれば、早ければ午前九時ごろには敵攻撃隊が来襲するだろう。

それまでに最精鋭の第二波を出しておく必要があるし、空母「飛龍」「蒼龍」「隼鷹」の艦上には合わせて四五機の艦攻も残っていた。今、これら艦攻には大急ぎで魚雷を装備させているが、第一波が帰投するまでに、第三波としてこれら四五機も発進させておく必要があった。

午前七時四五分。早朝に索敵に出した艦攻や水偵がようやくすべて索敵線の先端へ達したが、どの機からも敵発見の報告はなく、唯一報告を入れてきたのは結局、連絡を絶った艦攻一機のみだった。そして同機は、敵〝空母〟の戦闘機によって撃ち落とされたのにちがいなかった。

それ以外の索敵線上には〝敵が一切存在しなかった！〟と判明するや、源田もついに意を決して南雲中将に進言した。

「空母の有無は定かではありませんが、第二波で東方の敵艦隊を攻撃します！」

すると、南雲は即座にうなずいたが、大石がにわかに確認をもとめた。

「二式艦偵の報告を待つ必要はないかね？」

「艦偵の報告を待ってからでも、第二波は出せるでしょうが、第三波は、第一波が帰投するまでに出せません！　それに、艦偵が敵空母を発見するとは限りません！」

源田が唾を飛ばしてそう答えると、当然ながら大石も、これには即うなずいた。

うまい具合に主力四空母の艦上では今、第二波の攻撃機が整列を終えようとしていた。


その兵力は零戦三〇機、艦爆三六機、艦攻五四機の計一二〇機。

降下爆撃隊の隊長は江草隆繁少佐で、雷撃隊の隊長は村田重治(むらたしげはる)少佐だが、ハンモック・ナンバーは江草のほうが上で、第二波攻撃隊は江草少佐に率いられて出撃してゆく。

午前七時四八分に発進の命令が下りると、その全機が午前八時三分には飛び立って行った。

第二波は帝国海軍切っての精鋭だから赫々たる戦果を挙げてくれるはずだが、第二波攻撃隊の発進中に、前もって発進させていた二式艦偵の一機が〝敵機多数がわが艦隊の方へ向かう！〟とまず報告し、続いて午前八時一八分には同機がじつに驚くべき報告を入れてきた。

『敵空母は〝五隻〟！　戦艦三隻、その他随伴艦多数。わが艦隊の東方およそ一七〇海里！』

この報告を受けて、赤城司令部のだれもが電気で撃たれたような衝撃を受けた。

――な、なにっ⁉　空母が五隻だとっ⁉

南雲長官以下、全員が耳を疑い〝そんなはずはない！〟と思ったが、二式艦偵の偵察員が空母の数を見誤るとも思えず、本当に〝五隻もいる〟とすれば、これはいよいよ大急ぎで第三波攻撃隊を発進させなければならなかった。

幸い、源田の進言が利いて第三波の発進準備は午前八時三五分にはととのったが、空母五隻分の敵機が〝来襲しつつある！〟というのだから、第三波攻撃隊に付けてやる零戦は思い切って減らすしかなかった。

その結果、第三波の兵力は零戦一五機、艦攻四五機の計六〇機となり、艦隊防空用には五七機の零戦が残されることになった。

空母「飛龍」「蒼龍」「隼鷹」は引き続き北西の風へ向けて疾走し続け、午前八時四六分には第三波攻撃隊の発進も完了した。

しかしそのころにはもう、ガ島を空襲した第一波の攻撃機が近くまで帰投しており、帝国海軍の空母六隻は息を吐く間もなく、順次その収容に取り掛かり、さらに、防空用の零戦もすべて上空へ舞い上げる必要に迫られた。

第一波攻撃隊はわずかに零戦一機と艦爆三機を失ったにすぎなかったが、母艦六隻は防空戦闘機の発進を優先せざるをえず、第一波の艦爆が着艦を開始したのはようやく午前八時五二分になってからのことだった。まったく目のまわるような忙しさだが、そのとき上空警戒の零戦が敵攻撃隊の接近をついにとらえ、第一波の零戦は急遽着艦を中止して、そのまま敵機と戦うしかなかった。

ガス欠を覚悟しての迎撃だが、これで空母群の上空を護る零戦は全部で八〇機となった。

思わぬかたちで零戦の数が増えたのは日本側にとってはよかったが、偵察爆撃隊のドーントレスから通報を受けたフレッチャー中将は即座に全力攻撃を決意して、アメリカ海軍の空母五隻は、総計二五〇機に及ぶ攻撃機を午前七時四〇分までに出撃させていたのだった。

フレッチャー、スプルーアンス両提督は五空母の艦上からワイルドキャット戦闘機五六機、ドーントレス爆撃機一三二機、アヴェンジャー雷撃機六二機の計二五〇機を第一次攻撃隊として発進させたが、日本軍索敵機の接触を受け、敵空母からいずれ〝反撃を受けるだろう〟と考えて、手元には、きっちり九六機のワイルドキャットを残しておいた。

なるほど、南雲機動部隊は二人にとって強大な敵にちがいなかったが、いくら日本軍機の練度が高いとはいえ、日本の空母は基地攻撃にも航空兵力を割いたので、二人は、ここで一気に攻撃を仕掛ければ、充分に〝勝ち目がある！〟と攻撃隊の突撃命令に耳を傾けていた。

はたして、第一機動部隊上空での戦いは午前九時五分ごろに始まったが、米軍攻撃隊の第一群は一六〇機以上の大編隊で押し寄せて来たので、さしもの零戦も苦戦を強いられた。

それでも八〇機の零戦は懸命に戦い、一五分におよぶ空戦で、来襲した敵機のおよそ四五機を撃墜し、五五機を撃退した。しかし、必死の防戦もむなしく敵機・約六〇機に空母群上空への進入をゆるし、取り逃したドーントレスやアヴェンジャーが次々と「赤城」などへ襲い掛かった。

零戦の迎撃網をまんまと突破したのはドーントレス四九機とアヴェンジャー一四機。

　第三波攻撃隊を発進させた「飛龍」「蒼龍」「隼鷹」の三空母は、このとき、かなり北西に離れて航行しており、運悪く米軍攻撃隊から狙われたのは「赤城」「加賀」「龍驤」の三空母だった。

　白面のパイロットにとって、写真などで見なれた「赤城」「加賀」は垂涎の的にちがいなく、その光る飛行甲板へ向けて争うようにダイブした。

　敵機の進入をゆるしてもなお、大石や源田は敵機の技量をことさらにあなどっていたが、とくに敵急降下爆撃機の技量は思った以上に高く、およそ二〇分に及ぶ攻撃で、「赤城」が爆弾四発、「加賀」も爆弾四発、さらに「龍驤」も爆弾二発を喰らって、三隻ともたちどころに戦闘力を奪われてしまった。

　いや、戦闘力をうばわれたどころの騒ぎではない。三空母とも魚雷の回避には成功したが、二時間以上前に「龍驤」が喰らった五〇〇ポンド爆弾とはちがい、この二〇分ほどで三隻が立て続けに喰らった一〇発の爆弾はすべてが、より破壊力の大きい一〇〇〇ポンド（約四五四キログラム）爆弾だった。

　なかでもエンタープライズ爆撃隊の技量はひときわ高く、ちょうど半数に当たる五発の命中弾を同隊が挙げていた。

　空母「赤城」「加賀」の艦上は火の海と化し、飛行甲板は飴のように焼けただれ、ずたずたに引き裂かれている。「龍驤」の艦内もはげしく燃えていた。それでも三空母は航行を続けていたが、そこへ、第二群の米軍攻撃隊が押し寄せて、さらなる攻撃を開始した。

第一波攻撃隊の零戦はその多くが燃料切れとなって二航戦の「飛龍」「蒼龍」へ着艦し、このとき南雲部隊の上空を護る零戦が大きく減って四五機となっていた。

第一波の零戦は八機を失い、直掩隊の零戦もすでに一二機を失っていた。

それでも直掩隊の零戦は敵機・第二群の五〇機以上を退けていたが、ドーントレス一九機とアヴェンジャー一七機の進入をゆるして、それら第二群の米軍攻撃機がたった今、「赤城」と「加賀」にとどめを刺してやろうと、容赦なく襲い掛かって来たのだ。

両艦とも空母としての機能はもはや完全に喪失していたが、「赤城」の船体は〝巡洋戦艦〟として航行を続け、「加賀」の船体もまた〝戦艦〟として航行。二隻とも沈みそうな気配はなかった。

そこへ、第二群の米機が殺到、ドーントレスの全機が「赤城」へ襲い掛かり、アヴェンジャーの全機が「加賀」へ襲い掛かった。

手前をゆく「加賀」は白い航跡を曳きながら大きく右旋回を続けている。第一群の爆撃で三発目の命中弾が炸裂した直後に、「加賀」は艦橋が吹き飛ばされて人事不省におちいり、もはや操艦不能となっていた。

米軍雷撃隊の腕がいくら稚拙とはいえ、一定の角度で旋回し続ける「加賀」を逃すほどかれらも役立たずではなく、放たれた魚雷のうちの三本が次々と同艦の右舷を突き刺し、大量の浸水をまねいた「加賀」は右へ大きく傾斜して三〇分後にはついに航行を停止した。

それでもまだ「加賀」は浮いていたが、傾斜がひどすぎて曳航することもできない。

午前一〇時には〝総員退去！〟が告げられて生存者を救い出し、曳航の見込みがないと判断された「加賀」は、正午前に駆逐艦「萩風（はぎかぜ）」の魚雷によって自沈処理されることになる。

三本目の魚雷を喰らった直後に「加賀」の命運は尽きたが、南雲中将は「加賀」が〝どうなったのか？〟それを知ることさえできなかった。

かれが座乗する「赤城」も同時に攻撃を受けており、第二群のドーントレスが投じた爆弾も立て続けに三発が命中。そのうちの一発がついに艦橋の間近で炸裂し、空母「赤城」もまた人事不省におちいった。

司令部で一命を取り留めたのは参謀長の草鹿龍之介少将ただ一人で、南雲中将や大石大佐以下の幕僚はことごとく戦死し、艦長の青木大佐も艦と運命をともにした。

草鹿少将は右足骨折の重傷で済んだが失神しており、整備兵らに担がれて駆逐艦「舞風（まいかぜ）」へと移された。一〇〇〇ポンド爆弾を七発も喰らった空母「赤城」はその後も艦内で誘爆をくり返し、味方駆逐艦の介錯を待つまでもなく、午前一一時には海中へ没していった。

いや、それだけではない。「赤城」「加賀」が第二群の敵機から空襲を受けている間に、「龍驤」も艦内で大爆発を起こし、同艦もまた午前一〇時にはすっかり海上からすがたを消していた。

6

第一航空戦隊は全滅した。

つい一時間ほど前までは、このあっけない負け戦をだれも想像していなかった。

午前九時四五分にすべての米軍機が上空から飛び去ると、第二航空戦隊司令官の山縣正郷中将が第一機動部隊の指揮を継承した。

一航戦〝全滅！〟の知らせは、まもなくトラック碇泊中の戦艦「大和」にも伝わり、連合艦隊司令部の面々も、棍棒（こんぼう）で頭を殴りつけられたような衝撃を受けた。

——米軍は空母を五隻も出し、南雲部隊を待ち伏せしていたのにちがいない！

連合艦隊司令部の面々も米空母が〝五隻も出て来る！〟とは考えておらず、みなが驚きのあまり動揺を隠せずにいる。いや、一挙に空母を三隻も撃破されたのだから、現場の山縣司令部はもっと混乱しているだろうと思われた。

しかし、戦いはまだ続いている。参謀長の山口は意を決して山本長官に進言した。

「二航戦の残る二空母と『隼鷹』を一旦、西方へ下げ、第二機動部隊と合同させましょう！」

むろん異存はなかったが、山本は、首をかしげながら訊き返した。

「しかし、そう簡単に合同できるかね？」

山本が首をかしげるのも当然だが、山口は出撃前の作戦会議において、角田少将とその首席参謀である高田利種（たかだとしたね）大佐に対して、万一、米空母が出て来た場合には〝基地〟攻撃を中止して、可及的すみやかに第一機動部隊と合同するようもとめていたのであった。

この場合の基地とは〝エス島〟のことを指していたが、それがガ島に変わったからといって、米空母出現時には〝すみやかに合同する！〟という対処方針に変更があるわけではない。主敵はあくまでも米空母だから、当然である。

この方針に則って、第二機動部隊はじつはとっくに東進を開始していた。

周知のとおり、この日、最初に米艦隊を発見したのは空母「龍驤」から発進していた艦攻だったが、同機は敵空母の有無を報告する前に遭えなく撃墜されてしまった。

しかし、同機の発した報告電は第二機動部隊の旗艦「帝龍」にももれなく届いており、角田中将はその電文を見て、即刻、航空参謀の淵田中佐に諮っていた。

「おい。敵艦隊がガ島の北東に現れたが、これをどう思う？」

すると淵田は、角田少将が質問するその意味を即座に察して、はっきりと答えた。

「この敵艦隊には、必ず空母がふくまれているものと考えます！」

角田部隊の三空母はちょうどそのとき、早朝にガ島を空襲した攻撃機を収容している最中で、角田中将はガ島の北西およそ一七〇海里の洋上まで部隊を前進させていた。

そこへ、先の報告電が入り、角田がその電文を確認したのが午前七時一六分のことで、午前七時三五分に帰投機の収容をすべて終えるや、淵田の答えに大きくうなずいていた角田は、いつにも増して張りのある声で、麾下部隊に敢然と命じていた。

「わが隊はガ島攻撃を一時中止して同島の北へ向かい、第一機動部隊とすみやかに合同する！　針路北東、速力二八ノット！」

「司令官、いまなんと⁉　……失礼ながら二八ノットというのは、『祥鳳』『瑞鳳』のほぼいっぱいですが……」

驚いた首席参謀の高田大佐が思わずそう確認したが、角田はまったく意に介さず、「帝龍」以下の全艦艇がまもなく白波を蹴って疾走し始めた。

そして午前九時にはチョイセル島とサンタイサベル島のあいだの海峡を突っ切って、第二機動部隊は午前九時四五分の時点でガ島の北北西およそ一四五海里の洋上へ達していたのである。

それは「赤城」に代わって急遽、第一機動部隊の旗艦となっていた空母「飛龍」の南西〝およそ一一〇海里〟の洋上だった。

「今すぐ『飛龍』以下を二五ノット程度で第二機動部隊の方へ急がせれば、(第一、第二機動部隊の相対速度は五三ノット程度となり) 二時間ほどで合同できるはずです」

山口がそう答えると、山本も〝なるほど!〟と納得し、俄然、その進言にうなずいた。

これで山縣部隊も南西へ向けて退避し始め、第一、第二機動部隊は正午までには合同できそうだったが、角田司令官は合同を待たずして午前一〇時にはうごいた。

制空母艦「帝龍」の飛行甲板上ではすでにエンジンを始動して出撃準備を完了した零戦や艦爆がうなっており、一時間四〇分ほど前に二式艦偵が敵空母は〝五隻!〟と告げた時点で、航空参謀の淵田中佐が角田少将に進言していたのだった。

「これは攻撃を急ぐ必要があります! おそらく敵は第一機動部隊を空襲して来るでしょうが、それら敵艦載機が母艦へ帰投する頃合いを見計らって、われわれは敵空母五隻に全力攻撃を仕掛けるべきです」

そして午前九時過ぎに南雲部隊の上空へ敵機が来襲したとわかるや、淵田はさらに進言した。

「司令官！　このまま二八ノットで突っ走り、午前一〇時には攻撃隊を出しましょう！」

「それはよいが、一〇時に出して、わが艦載機の足が敵方までとどくかね？」

いうまでもなく角田は航続距離の問題を心配していたのだが、淵田は〝ここが勝負！〟とばかりに言い切った。

「攻撃隊発進後も二八ノットで東進し続け、かれらを迎えにゆきます。それに敵空母も、艦載機を放ち第一機動部隊を空襲して来ましたので、出した攻撃隊を収容するまでは大きく移動できないはずです。距離はすこし遠いかもしれませんが、われわれはぜひともそこを狙うべきです！」

すると角田は、即座にうなずいた。

「よし、わかった。ならば午前一〇時に攻撃隊を出そう！」

こうして第二機動部隊は北東へ二八ノットで疾走し続け、航海参謀の末国正雄（すえくにまさお）中佐の計測によると、午前一〇時を迎えた時点で第二機動部隊と空母五隻をふくむ米艦隊との距離は、推定でおよそ二六〇海里となっていたのだった。

そして今、角田司令官が満を持して攻撃隊の発進を命じると、「帝龍」「祥鳳」「瑞鳳」の三空母は北西の風へ向けて一斉に艦首を立て、母艦三隻の艦上から零戦や艦爆などが次々と発進を開始したのである。

第一次攻撃隊／攻撃目標・米空母五隻

・制空「帝龍」／零戦七五、艦爆一二

③軽空「祥鳳」／零戦六、艦爆六、艦攻六

③軽空「瑞鳳」／零戦六、艦爆六、艦攻六

※○数字は所属航空戦隊を表わす

第一次攻撃隊の兵力は、零戦八七機、艦爆二四機、艦攻一二機の計一二三機。

攻撃隊は、帝龍制空隊長の板谷茂（いたやしげる）少佐が空中指揮官となって出撃してゆく。また、降下爆撃隊の隊長は同じく「帝龍」から発進する坂本明（さかもとあきら）大尉が務めていた。

特筆すべきは、制空母艦「帝龍」からの発進である。「帝龍」は全部で八七機もの攻撃機を一斉に発進させるが、零戦五七機と艦爆一二機の六九機はあらかじめ飛行甲板上に並べられており、残る零戦一八機が格納庫内で待機していた。

そして飛行甲板上の零戦や艦爆は、午前一〇時ちょうどに発進の命令が下りると、二射線ある発進線を交互に使ってほぼ一五秒間隔で飛び立って行った。

つまり一射線当たりの発進間隔は三〇秒ということになる。「帝龍」もさすがに、実戦でこれだけ多くの攻撃機を一度に発進させるのははじめてだったが、飛行甲板上の六九機はおよそ一八分で上空へ舞い上がり、その間に舷側エレベーターと後部エレベーターを使って格納庫内の零戦一八機を飛行甲板へ上げた。

それら零戦一八機も一五秒間隔で途切れることなく発進するため、計算上は八七機の発進が二二分以内に終了する。が、初の実戦ということも考慮して、爆弾を装備する艦爆の発進だけは大事を取り、一二機の艦爆は中央の一射線のみを使って通常どおり二五秒間隔で発進させた。そのため計算より三分ほど余計に時間は掛かったが、事故もなく午前一〇時二五分には全八七機が発進に成功したのである。

軽空母「祥鳳」「瑞鳳」発進の計三六機はむろんそれまでに飛び立っており、淵田中佐がまもなく発進〝完了！〟を告げると、角田少将はひときわ大きく〝よし！〟とうなずいて、第二機動部隊の針路を再び北東へ向けた。

午前一〇時半以降は、こうして第二機動部隊も戦いに加わったが、帝国海軍が出撃させた攻撃隊は、じつはこれで終わりではなかった。

第一機動部隊の空母「飛龍」「蒼龍」「隼鷹」は空襲が止むと、索敵に出した艦攻や艦偵、それに直掩に上げていた零戦をすべて収容し、第四波攻撃隊の準備に取り掛かっていた。

第一波の艦爆で「赤城」「加賀」に着艦したものは母艦の被爆炎上とともに失われたが、「隼鷹」へ着艦した一六機には今、急いで爆弾の装着作業がおこなわれている。

さらに「龍驤」から索敵に出ていた艦攻も、「飛龍」「蒼龍」に四機ずつが収容されており、これら艦攻に対しても魚雷の装着作業が大急ぎで進められていた。

そして、第一機動部隊の三空母もまた攻撃機の準備をまもなく完了して、山縣中将は午前一〇時三〇分に第四波攻撃隊の発進を命じた。

第四波攻撃隊／攻撃目標・米空母五隻
②空母「飛龍」／零戦九、艦攻四
②空母「蒼龍」／零戦九、艦攻四
④空母「隼鷹」／零戦六、艦爆一六
※○数字は各所属航空戦隊を表わす

第四波攻撃隊の兵力は、零戦二四機、艦爆一六機、艦攻八機の計四八機。

出撃命令が下りると、三空母は第二機動部隊との合同を一時中止して北西へ艦首を立て、全四八機が午前一〇時四〇分までに発進して行った。

これで米空母群へ向けてすべての矢が放たれたが、角田少将は手元に、対潜用の艦攻六機と零戦一八機を残しており、山縣中将も手元に、三機の二式艦偵と零戦三〇機を残していた。

第四波攻撃隊の発進を見届けると、山縣中将は速力二五ノットを下令し、部隊の針路をもう一度南西へ執ったのである。

7

帝国海軍の反撃である。時刻は少々さかのぼるが、空母「ヨークタウン」のレーダーが敵機群を探知したのは午前八時四五分のことだった。

「敵機編隊、その数一〇〇機以上！　あと三〇分ほどでわが上空へ進入して来ます！」

情報参謀がそう報告するや、フレッチャー中将は麾下、空母五隻の艦上からただちに全九六機のワイルドキャットを発進させた。

それら防空戦闘機隊のワイルドキャットはわずか九分ほどで上空へ舞い上がり、午前九時五分には自軍艦隊の手前およそ三〇海里の上空で迎撃の態勢をととのえた。

ちょうどそこへ、日本軍攻撃隊が現れ、米軍機動部隊の西方上空で、たちまちはげしい空中戦が繰り広げられた。

米艦隊上空をめざして進入して来たのはいうまでもなく江草少佐の率いる第二波攻撃隊で、第二波には進藤三郎大尉の率いる零戦三〇機が護衛に付いていた。

零戦の搭乗員もみな、一騎当千の猛者ぞろいだが、三倍以上ものグラマンに囲まれて、さしもの進藤零戦隊も突破口を開くことができず攻撃隊を護るだけで精いっぱいだった。

三〇機の零戦は攻撃隊の周囲にぴたりと張り付いて、艦爆や艦攻に手出ししようとするグラマンを手当たり次第に叩き落していった。しかし、敵戦闘機の数があまりにも多く、これでもか〝これでもかっ！〟と撃ち落しても虫が湧くようにしてグラマンが襲い掛かって来る。

零戦は軽快かつすばらしく俊敏で、ある程度の距離を追撃しても攻撃隊の上空へひらりと舞いもどり、別のグラマンに当たるが、それでもまるで追い付かず、艦爆や艦攻はクシの歯が抜け落ちるようにして一機〝また一機！〟と撃ち落とされてゆく。

空戦開始から一〇分も経つと抜群の腕前を持つ進藤戦闘機隊でさえ、数で圧倒されてゆき、艦爆や艦攻だけでなく、零戦も半数の一五機を失ってしまった。

けれども、そのときようやく江草少佐が眼下の洋上に敵空母二隻を発見し、いまにも飛び掛かりそうなほどの勢いで突撃命令を発した。

『全軍、突撃せよ！（トトトトトト！）』

もはや、残る三隻の敵空母を探しているような余裕はなく、まずはこれら眼下の二隻に〝攻撃を集中してやる！〟と決意。二隻の空母をやる場合の攻撃方針はとっくに決められており、江草は飛龍爆撃隊と赤城雷撃隊を手前のサラトガ型空母の攻撃に差し向け、自身は蒼龍爆撃隊と加賀雷撃隊を直率して、もう一隻のヨークタウン型空母へと突入して行った。

狙われたのは、空母「ヨークタウン」と「サラトガ」だった。

　これら二隻の米空母に狙いを限定したのは無理からぬことで、江草が突撃命令を発したとき、第二波攻撃隊はすでに零戦一五機、艦爆一六機、艦攻二三機の計五四機を失い、零戦以外の残る攻撃兵力は艦爆二〇機と艦攻三一機の合わせて五一機となっていた。

　兵力は激減していたが、投弾の位置に就きさえすれば占めたもの。散開を終えた各隊の隊長が次々と突撃を命じ、五一機があらゆる方向から狙う「ヨークタウン」と「サラトガ」へ突入し、雷爆同時攻撃を仕掛けた。

　狙われた両空母は高速で疾走しつつありったけの対空砲をぶっ放す。その砲火は激烈で艦爆二機と艦攻四機がさらに撃墜された。

　しかし、残る四五機はいかんなくその実力を発揮してみせて、空母「サラトガ」に爆弾三発と魚雷四本、空母「ヨークタウン」にも爆弾三発と魚雷二本を命中させた。

　両空母の艦上は火の海と化し、とくに「サラトガ」は右へ大きく傾き始めた。速度は両空母とも大きく低下している。

　第二波が突入を開始したのは午前九時二〇分のこと。その攻撃は三〇分ちかくに及び、午前九時五〇分に江草隊長が引き揚げを命じた時点で、空母「サラトガ」は完全に航行を停止しており、空母「ヨークタウン」の速度も一〇ノットちかくまで低下していた。

　――よし！　サラトガ型を航行不能にし、ヨークタウン型も確実に大破した！　沈没するかどうかはわからぬが、まずまずの戦果だ……。

江草はそう確信すると、列機を手早くまとめてまもなく戦場をあとにした。

江草機の引き揚げ命令に応じたとき、進藤零戦隊も一六機を失っていたが、むろんやられっ放しではなく、二四機のワイルドキャットを返り討ちにしていた。

空母群の上空を護るワイルドキャットはこれで七二機となっていたが、かれらには休んでいるような暇がまったくなかった。

午前九時二八分には空母「ホーネット」のレーダーが次なる日本軍機の接近をすでにとらえており、約半数のワイルドキャットはそちらの迎撃に向かう必要があったのだ。

次に来襲したのはむろん、艦攻四五機を擁する第三波攻撃隊で、かれらもまた防空戦闘機隊のワイルドキャットから執拗な迎撃を受けた。

第三波には零戦が一五機しか護衛に付いておらず、めざす空母群の上空へ到達するまでにグラマンから猛烈な波状攻撃を受け、俊敏軽快な零戦もさすがに苦戦を強いられた。

それでも第三波攻撃隊は、果敢に前進を続けて午前一〇時にはようやく二隻の米空母を発見したが、そのときにはもう、零戦九機と艦攻二八機を撃墜されて、残る攻撃兵力は艦攻一七機のみとなっていた。

発見した二隻の米空母とは、西へ取り残されていた「サラトガ」と、スプルーアンス少将麾下の三空母のなかで最も西寄りに位置していた「ホーネット」だった。

第三波攻撃隊にも標的を選り好みしているような余裕は一切なく、まずは「サラトガ」の攻撃に艦攻七機が向かった。

そして「ホーネット」には艦攻一〇機が襲い掛かったが、高速で疾走する同艦をとらえるのはじつに至難の業で、命中させた魚雷はわずか一本にとどまった。

けれども、洋上をほとんど漂うだけとなっていた「サラトガ」にはきっちり魚雷二本を命中させて、第三波攻撃隊は、空母「サラトガ」をついに撃沈、空母「ホーネット」にも中破程度の損害をあたえることに成功した。

空母攻撃中にもさらに艦攻二機を失い、第三波攻撃隊は結局、零戦九機と艦攻三〇機を喪失していた。これに対してアメリカ軍機動部隊はワイルドキャット一二機を失っていたが、空母「ホーネット」はいまだ二六ノットで航行可能で戦闘力も充分に保持していた。

ここで戦いは一旦、小休止となる。

午前一〇時三〇分には日本軍機がすべて上空から飛び去り、一旦、東方へ退いていた「ヨークタウン」は、午前一〇時四〇分ごろに速力が二〇ノットまで回復、飛行甲板も戦闘機の発着が可能なまでに復旧されていた。

そこへ、「赤城」などを空襲した味方攻撃機が午前一〇時五〇分ごろから帰投し始め、スプルーアンス少将麾下の三空母だけでなく、戦闘機の収容にはフレッチャー中将の将旗を掲げる空母「ヨークタウン」も加わった。

午前一一時現在で、防空戦闘機隊のワイルドキャットはその数を六〇機まで減らしており、帰投中の第一次攻撃隊も多くの攻撃機を失い、残る機数はワイルドキャット二六機、ドーントレス八二機、アヴェンジャー四四機の計一五二機となっていた。

かたや肝心の空母は、味方は「サラトガ」を失いはしたものの、第一次攻撃隊が仇敵ともいえる日本海軍の「赤城」「加賀」「龍驤」の三空母に致命的な損害をあたえており、フレッチャー、スプルーアンス両提督は、おそらく敵空母は〝三隻とも沈むだろう……〟とみて、勝利の手応えをすでに感じていた。

味方はほかにも「ヨークタウン」と「ホーネット」が傷ついていたが、「ホーネット」は充分に作戦可能であり、「ヨークタウン」も二〇機程度なら攻撃機を発進させられそうだった。

これで空母兵力は一挙に逆転して〝四対三〟で味方が有利になったと判断、両提督は、残存の敵空母に〝追い撃ちを掛けてやろう！〟と艦載機の収容を急いでいた。

とりわけ二度の空襲を無傷で乗り切っていた空母「エンタープライズ」の艦上は、敵空母〝三隻撃破！〟の勝報で、活気に沸いていた。

「あと三〇分足らず、午前一一時三〇分には攻撃隊の収容も終わります」

参謀長のマイルズ・R・ブローニング大佐がそう告げると、スプルーアンス少将はこれに大きくうなずきながら確認をもとめた。

「そうすると、第二次攻撃隊の発進はいつごろになる？」

「はい。できるだけ急がせますが、帰投機の再装備にはすくなくとも一時間は掛かりますので、第二次攻撃隊の発進時刻は午後零時三〇分ごろとなります」

スプルーアンスは、これにこくりとうなずいてみせたが、帰投機収容中の午前一一時二〇分には思わぬ報告を受けた。

空母「エンタープライズ」のレーダーに反応があり、味方空母群の方へ〝新たな敵機が近づきつつある〟というのだ。

日本軍艦載機が第二撃を仕掛けて来たにしては早すぎるのでスプルーアンスが首をかしげていると、ブローニングが即座に進言した。

「残存の敵空母三隻が、早朝にガ島を空襲したヤツを収容し、それら艦載機で攻撃を仕掛けて来たのかもしれません」

なるほど、それならあり得ると思い、スプルーアンスは情報参謀にすぐさま確認をもとめた。

「おおよその機数はわかるか⁉」

「はい。約五〇機と思われます。……午前一一時五五分ごろにわが上空へ進入して来ます！」

これを聞くや、スプルーアンスはただちにブローニングに諮った。

「どうする？　五〇機ということは、やはりガ島を空襲した敵機のようだが、帰投機の収容を一時中止すべきかね？」

「いいえ、収容をさらに急ぎますので、すべて着艦させてから迎撃戦闘機を上げましょう。……再発進可能なワイルドキャットは、全部で八〇機はありますので、五〇機程度の敵機ならそれで充分凌げるとみます！」

ブローニングの答えにうなずき、スプルーアンスは他の三空母にも収容作業を急ぐように伝えたが、それが功を奏したにちがいなく、午前一一時二七分には全機の収容を完了した。それと同時に空母四隻の艦上からはやくもワイルドキャットが発進を開始して、全八六機が一〇分ほどで上空へ舞い上がった。が、後発の一二機は〝ガソリンを満タンにせず〟発進させた。

とはいえ、それら一二機も五〇パーセント以上のガソリンは積んでおり、自軍艦隊付近での空戦に徹すれば、一時間ちかくは〝滞空可能！〟との判断により緊急発進させた。

時刻は午前一一時四〇分になろうとしている。

着艦収容したドーントレスやアヴェンジャーにはすでに爆弾などの装着作業がおこなわれていたが、ワイルドキャットをすべて迎撃に上げたのもつかの間、午前一一時四八分に「エンタープライズ」の対空レーダーがさらなる日本軍機の接近をとらえた。

「司令官、さらに別の敵機群が西方から迫りつつあります！　今度は数が多い。……優に一〇〇機以上と思われます！」

スプルーアンスだけでなく、これにはブローニングも首をかしげるしかなかった。

――なにっ？　一〇〇機以上だとっ⁉　そんなはずはない！

二人が驚くのは無理もないが、先に近づいて来たのが「飛龍」などの放った第四波攻撃隊で、たった今、レーダーに映ったほうが「帝龍」などの放った第一次攻撃隊だった。

母艦からの発進時刻は角田中将の放った第一次攻撃隊のほうが一五分ほど早かったが、こちらは二六〇海里程度の距離を進出する必要があり、米艦隊上空には、山縣中将の放った第四波攻撃隊が先着していた。

第四波攻撃隊はこのときすでに、グラマンから猛烈な波状攻撃を受けていた。

それにしても、レーダーの探知情報が正しいとすれば、全部で一五〇機以上にも及ぶ日本軍機がさらに来襲したことになる。

どう考えても多すぎるので、スプルーアンスが思わずつぶやいた。

「撃破したと報告された敵空母三隻のうち、一隻ぐらいはわが攻撃隊が戦果を見誤り、まだ活きているのではないか……」

たしかに、その可能性はブローニングも否定できなかった。そうでも考えないかぎり、来襲した敵機の数が多すぎて、辻褄が合わない。

いや、じつは、ブローニングの脳裏をかすめるようにして浮かび、瞬時に打ち消した考えが、もうひとつだけあった。

——ガ島の北西で行動していた敵空母が、早くも近づいて来たのではないか……。

事実はそのとおりだったが、そのようなことは断じてありえず、ブローニングは文字どおり、この考えを〝頭から〟かき消した。

なぜなら、「サラトガ」をふくむ味方空母五隻は今朝の午前七時過ぎまでは一切、その行動を日本側に知られておらず、ガ島の北西で作戦していた敵空母三隻が、艦載機の攻撃圏内へ〝午前中〟に近づいて来るようなことは、断じて〝ない！〟と考えられたからである。

ところが、つい先ほどレーダーがとらえた敵機群は、あと三〇分ほどで味方空母群の上空へ進入して来る、というのだから、この敵機群は〝午前一〇時三〇分〟ごろには日本の空母から発進して来たことになる。

午前中どころか午前一〇時三〇分ごろに発進して来た敵機だから、ガ島の北西で作戦していた敵空母から〝発進したものだ〟とは、ブローニングにはどうしても思えなかった。

むろん可能性はゼロではない。

ゼロではないが、ガ島の北西で作戦していた敵空母部隊がそれをやるには、非常に困難な問題が三つもあった。

一つめは、それら敵空母もガ島をまちがいなく空襲して来たので、基地攻撃に出した艦載機をどうしても収容する必要があったこと。

二つめは、日本軍索敵機がアメリカ軍艦隊を発見するや、機敏にガ島攻撃を中止しなければならなかったこと。

そして三つめは、ガ島への攻撃中止後も三〇ノットちかくの高速で、部隊をアメリカ軍艦隊の方へ急接近させる必要があったことだった。

とくに二つめの条件は、簡単そうにみえて、じつはかなり困難なはずだった。なぜなら、最初に飛来した日本軍索敵機は、直掩に当たっていたワイルドキャットが機敏に撃ち落していた。

南雲提督は充分な索敵情報を得られず、追加で高速の偵察機を出して来たぐらいだから、日本の艦隊司令部は情報不足の状態が一時間以上にわたって続いていたのだ。当の南雲提督が手をこまねいていたのに、ガ島・北西の敵に〝機敏な対応が取れようはずはない！〟と、ブローニングはそう断じざるをえなかった。

ましてや、これら三つの条件のひとつひとつはなんとか解決できたとしても、もらさず三つともいっぺんに解決するのは、どう考えても不可能にちがいなかった。

その不可能を敵が〝やってのけたのだ！〟と考えるよりも、むしろ、撃破した敵空母三隻の戦果判定を味方攻撃隊が〝見誤ったのだ！〟と考えるほうが、はるかに合理的だった。

――戦果の誤認はよくあることだ……。

ブローニングは、スプルーアンスのつぶやきにうなずき、おもむろに応じた。

「どうやら、そのようです。……致命傷を負わせた敵空母は、おそらく二隻でしょう」

このとき、かれらにとって不運だったのは、早朝に出していた偵察爆撃隊のドーントレスが、すべて空母「ヨークタウン」から出撃していたことだった。これら一六機のドーントレスは「ヨークタウン」が爆撃を受けたときにすべて破壊されてしまった。戦闘機以外のほかの艦載機もすべて攻撃に出はらっていたので、一時的にフレッチャー中将から指揮を継承したスプルーアンス少将は追加で索敵機を出すことができず、致命傷を被ったとされる敵空母の被害状況や、ガ島の北西で作戦していた敵空母の動向などを、きっちり確かめることができなかったのだ。

しかし、こうした不可抗力をいまさら嘆いても始まらない。

スプルーアンスが意を決して言った。

「まもなく空襲を受ける。今すぐドーントレスを索敵に出し、第二次攻撃隊の兵装作業をただちに中止すべきではないか⁉」

敵情を確かめる必要があり、空母艦上から危険物を取り除いておく必要もあるので、スプルーアンスはそう言ったが、ブローニングはやや考えてから、これに返答した。

「五〇機と報告された敵機の空襲はなんとか凌げます！　問題は一〇〇機以上のほうですが、それら敵機がわが上空へ進入して来るまで、あと三〇分ほどあります。それまでに兵装が間に合うものだけを攻撃に出し、出したそれら攻撃機で索敵もやらせます！」

　どうせドーントレスを索敵に出すのなら、いっそのこと第二次攻撃隊で〝索敵もやらせよう〟というのだが、これにはスプルーアンスが眉をひそめて疑問を呈した。

「それはあまりにも危険だ！　五〇機の空襲を無事に凌げるという保障はどこにもないし、第二次攻撃隊には護衛の戦闘機を付けてやることもできない！」

　しかし、ブローニングも負けていない。

「ですが、すでに兵装の終えたドーントレスはもはや飛行甲板へ上げられておりますし、それを格納庫へ下ろすとなると、さらに危険です。それに第二次攻撃隊には、防空戦闘中の戦闘機のなかから精鋭の一二機のみを選び出し、それら一二機を護衛に付けます。それでも上空には七四機もありますので、五〇機の敵は凌げます！」

　たしかにスプルーアンスも最初は、来襲しつつある敵機が〝五〇機だけだ〟と思い、兵装作業を完了したドーントレスは、飛行甲板へ〝上げてもよい〟と第二撃の準備を許可していた。ところがそこへ、一〇〇機以上もの敵機が不意に現れたのだから、たまらない。

　一旦上げたドーントレスをまた下げるというのは、なるほど、ブローニングが言うようにもっと危険かもしれず、装着した爆弾を外して弾倉庫へもどす必要もある。

　よくよく考えてみると、それらドーントレスは上空へ退避させるしかなく、どうせ発進させるのなら、それらドーントレスで第二次攻撃を仕掛けたほうがよいのに決まっていた。

　ドーントレスを攻撃に出せば、もちろん索敵もおこなえる。

もはや躊躇しているような時間はない。是非もなくスプルーアンスがうなずくと、ブローニングは〝待ってました！〟とばかりに、第二次攻撃隊の迅速な出撃を各母艦に伝達した。

あるいは、残存の敵空母が〝わずか一隻〟という状況下なら、戦闘機の護衛をまったく付けずに第二次攻撃隊を出撃させるようなこともありえたが、敵空母はいまだ三、四隻は存在するはずなので、攻撃隊をまるハダカで出す、というわけにもいかなかった。

ブローニングは、「エンタープライズ」発進のワイルドキャット一二機と連絡を取り、攻撃隊とともに西進するように伝えた。機上電話を駆使するこうした臨機応変な対応は、日本海軍ではとても不可能で、電波兵器を進んで取り入れたアメリカ海軍ならではの先進性だった。

まもなく一二機を直率するワイルドキャットの隊長から〝了解！〟との応答があり、スプルーアンス少将は結局、七〇機以上の艦載機を第二次攻撃に出すことができた。

その兵力は、ワイルドキャット一二機、ドーントレス六〇機の計七二機。ドーントレスのうちの三六機が一〇〇〇ポンド爆弾を装備しており、残る二四機は迅速に兵装作業を終えるために五〇〇ポンド爆弾の搭載で我慢していた。

時刻は午後零時五分になろうとしており、兵装作業に手間の掛かるアヴェンジャーを発進させているような余裕はまったくなかった。魚雷の装着作業にはことのほか時間を要するのだ。

はたして、ブローニングが〝最上の策〟としてスプルーアンスに進言した強気の采配は、見事に的中した。

およそ〝五〇機！〟と報告された最初の日本軍攻撃隊は、直掩のワイルドキャットがことごとく退け、「ホーネット」がわずかに至近弾一発を浴びたにすぎなかった。

空母「ホーネット」は艦首近くの左舷舷側にわずかな亀裂を生じたが、いまだ速力二五ノットを発揮することができた。

そして、午後零時六分には空母「エンタープライズ」「ホーネット」「ワスプ」の艦上からドーントレスが次々と飛び立ち、午前零時一六分には全六〇機が見事、上空へ舞い上がった。

攻撃機の発進はまさに間一髪のところで間に合ったが、そのときにはもう〝一〇〇機以上！〟と報告された第二の敵機群が艦隊の間近まで迫っており、その西方一五海里の上空では、すさまじい空中戦がすでに始まっていた。

空戦の様子は「エンタープライズ」艦上からも確認することができたが、それを観てブローニングは驚かざるをえなかった。

上空ではいまだ六〇機以上のワイルドキャットが粘っているはずだが、日本軍機の群れが勢いを保ったまま〝グングン！〟と味方空母群の上空へ迫って来る。空戦の輪がさらに近づき、ブローニングが目を凝らしてよく見ると、撃ち落とされてゆくのは味方ワイルドキャットばかりで、上空をわがもの顔で闊歩している敵機は、そのほとんどがにっくきゼロ戦だった。

――なっ、なんだと⁉　ゼロ戦が七〇機、いや八〇機ちかくもいるじゃないか！

ワイルドキャットは、すでに二〇機以上を撃ち落とされており、残る四〇機ほどもことごとくゼロ戦にまとわり付かれている。

それもそのはず。七九機の零戦を指揮していたのは、帝国海軍随一の戦闘機隊を統率する板谷茂少佐であり、板谷零戦隊はこれまでに八機を失いながらも、すでに疲れの見え始めていた敵戦闘機をバッタバッタとなぎ倒し、もはや二〇機以上のワイルドキャットを撃墜していた。

しかも、板谷機をふくむ六七機の零戦は、残り四〇機となったワイルドキャットをすべて空戦に巻き込んでおり、「帝龍」などから発進した第一次攻撃隊は、艦爆や艦攻を一機も失うことなく、米空母群の上空へ、今、進入しようとしていたのであった。

それら艦爆、艦攻には、さらに一二機の零戦がぴたりと護衛に付いており、ワイルドキャットはまったく手出しができない。攻撃兵力となる艦爆は二四機で、艦攻は一二機だった。

そしてこのとき、アメリカ軍の空母四隻は攻撃隊の発進を終えたばかりで、半径・約一五海里の洋上でほぼひとかたまりとなっていた。

敵空母は四隻。標的は選り取り見取り(よりどりみどり)だが、攻撃兵力は三六機でそう多くはない。

——四隻とも〝やる〟のは、いくらなんでも欲張りすぎだな……。

帝龍爆撃隊を直率する坂本大尉は瞬時にそう判断し、速度が二〇ノット程度に低下していた「ヨークタウン」の攻撃に艦攻一二機を差し向け、三航戦の艦爆一二機に「エンタープライズ」の攻撃を命じた。そして、午後零時二〇分に突撃命令を発し、みずからは「帝龍」発進の艦爆一二機を率いて「ホーネット」へ突入して行った。

うるさい敵戦闘機はいずれも、板谷零戦隊との戦いに忙殺されている。

状況は申し分ないが、敵空母の撃ち上げる対空砲火は予想以上にはげしく、攻撃隊はおよそ一五分に及ぶ空襲のさなかに、艦爆三機と艦攻二機を失った。

しかし、それら砲火をかわした艦爆二一機と艦攻一〇機は、見事、狙う「ヨークタウン」に魚雷二本を突き刺し、「エンタープライズ」と「ホーネット」にも爆弾二発ずつを命中させた。

その命中率は決して高くなかったが、すでにかなりの痛手を被っていた「ヨークタウン」は、二本目の魚雷が命中した直後から艦が次第に左へ傾き始め、その後も傾斜が止まらず四〇分後にはついに転覆した。フレッチャー中将はその直前にかろうじて脱出していたが、最後まで復旧作業に当たっていた艦長のバックマスター大佐は「ヨークタウン」と運命をともにしたのである。

これで第一七任務部隊の空母は全滅して、残る空母は第一六任務部隊の三隻のみとなったが、旗艦の「エンタープライズ」もついに爆撃を受けて速度が一時一八ノットまで低下し、僚艦「ホーネット」も戦闘力を喪失して速度が一五ノットまで低下していた。

午後零時四〇分には日本軍機がすべて上空から飛び去り、空母「エンタープライズ」はその三〇分後には速力が二四ノットまで回復、空母「ホーネット」の速力もやがて二〇ノットまで回復したが、「ホーネット」は飛行甲板・前部の歪みがはげしく、爆弾や魚雷を抱いた攻撃機の発進はおよそ絶望的となっていた。

敵艦隊上空の制空権を終始にぎり続けていた板谷零戦隊は、結局、一二機の零戦を失いながらもワイルドキャット三七機を撃墜していた。

8

戦いはまだ終わらない。

第一、第二機動部隊はともに攻撃隊を発進させるのに時間が掛かり、両部隊がガ島の北方およそ一六五海里の洋上で実際に合同できたのは、午後零時四五分のことだった。

角田少将の闘志はまるでおとろえることを知らない。合同後も制空母艦「帝龍」が二八ノットの速力を維持して両部隊の先頭に立ち、山縣中将の空母「飛龍」「蒼龍」が「帝龍」「祥鳳」「瑞鳳」を追い掛けるような格好で東進を続けていた。

階級はいうまでもなく山縣中将が上だが、二人は海兵の同期（三九期卒業）であり、山縣は「帝龍」の先行に角田の意気を感じていた。

これ以降、戦いの鍵を握るのは強力な防御力を誇る制空母艦の「帝龍」であり、全部隊の指揮を執る山縣司令部も、「帝龍」を軸にした戦いをよしとしていた。

しかも、大量の艦載機を消耗した第一機動部隊は、三隻の母艦を必ずしも必要とせず、「隼鷹」は最後尾から二五ノットで続いていた。

合同前の午前一一時三〇分ごろに、「飛龍」「蒼龍」は第二波攻撃隊（江草隊）の零戦一四機、艦爆一八機、艦攻二七機を収容しており、さらに正午過ぎには第三波攻撃隊の零戦六機、艦攻一五機も両空母で収容していた。

合同直後に「飛龍」「蒼龍」「隼鷹」の三空母はそれぞれ二式艦偵一機ずつを索敵に出し、さらに合同後の東進中に第四波攻撃隊の零戦九機、艦爆六機、艦攻三機も舞いもどり、これらの機も午後一時三〇分までに空母「飛龍」「蒼龍」「隼鷹」で収容していた。

帰投機収容のため第一機動部隊は「帝龍」以下の三空母から五海里ないし一〇海里ほど西へ後れたが、とくに「飛龍」「蒼龍」の艦上は「隼鷹」から移された零戦や一航戦などの艦載機ですっかり満たされていた。

第一機動部隊／四日・午後一時三〇分現在
空母「飛龍」　搭載機数・計六二機
（零戦二九、艦爆一二、艦攻二一）
空母「蒼龍」　搭載機数・計六三機
（零戦三〇、艦爆一二、艦攻二一）
空母「隼鷹」　搭載機数・計三機
（零戦なし、艦爆なし、艦攻三）

空母「飛龍」「蒼龍」の艦上では、今、帰投機に対する再兵装作業が進められていた。むろん第五波、第六波攻撃隊を出して二次攻撃を実施しようというのだが、その準備がととのう前に、索敵に出していた二式艦偵の一機から〝敵機多数とすれちがう！〟との通報が入った。

それでもまだ角田少将は「帝龍」の突進を続けていたが、米軍攻撃隊が来襲するのは〝必至〟とみた山縣中将は、「飛龍」「蒼龍」からただちに零戦九機ずつを発進させて、第二機動部隊の応援に差し向けた。

当然ながら、「帝龍」「祥鳳」「瑞鳳」の艦上からも零戦六機ずつが飛び立ち、これで第二機動部隊の上空を護る零戦は全部で三六機となった。

そこへ、米軍・第二次攻撃隊が来襲。午後一時五〇分ごろからはげしい空中戦が始まった。

第二次攻撃隊のドーントレス六〇機は母艦を発進した直後から低高度で進軍していたが、それは上空を闊歩し始めていた板谷零戦隊からの攻撃を避けるためだった。

案の定、それら大量のゼロ戦もワイルドキャットと戦うために高度を下げることができず、六〇機のドーントレスは、まもなく自軍艦隊上空から脱出して上昇、空戦場から離脱して来たワイルドキャット一二機と首尾よく合同を果たした。

そして西進し始めたのはよかったが、めざす日本の空母群がこの二時間ほどで南へ三〇海里ほど移動していたため、その発見に若干手間取り、今ようやく日本の艦隊を見つけ出したのだった。

二式艦偵から通報を受けていた三六機の零戦はすでに迎撃態勢をととのえており、米軍・第二次攻撃隊に容赦なく波状攻撃を仕掛けた。

しかし、二倍以上の敵機を相手に〝完勝！〟というわけにはいかず、二三機のドーントレスを撃墜、一八機を撃退したものの、あえなく一九機のドーントレスを取り逃してしまった。

まんまとゼロ戦の追撃をかわした一九機だったが、それらドーントレスの搭乗員はまもなくして洋上に眼を見張り、ほとんど全員が驚がくの声を上げた。

「……なっ、なんという大きさだ！　この敵空母は、わが新鋭のエセックス級空母より、はるかに大きいぞ！」

そのうちの隊長機らしき一機が、まもなく味方艦隊司令部へ向けて打電した。

『敵巨大空母を発見！　全機、これへ向けて、今より突入する！』

ほかの空母を狙うものは一機もなかった。

一九機のドーントレスは、その広大な飛行甲板へ向けて次々とダイブし、およそ二〇分におよぶ攻撃で見事、五発の爆弾を「帝龍」の飛行甲板へ突き刺した。

それら命中した爆弾のうちの二発までが五〇〇ポンド爆弾で、あとの三発がより破壊力の大きい一〇〇〇ポンド爆弾だった。命中のたびに甲高い炸裂音が洋上にひびき渡り、制空母艦「帝龍」の艦上から黒煙がもうもうと立ち昇る。

その光景に眼を見張り、ドーントレス搭乗員のだれもが、この巨大敵空母を〝大破した！〟と確信した。が、爆撃を終えてもなお、ゼロ戦が追撃して来るので、その被害状況をじっくり観察しているような余裕はなかった。

爆弾の一発が右舷後部・八番高角砲付近で炸裂し、「帝龍」艦上でたちまち火災が発生した。

米軍爆撃機は午後二時二二分にはすべて上空から飛び去ったが、第一、第二機動部隊の将兵はみな、黒煙を上げる「帝龍」のすがたを見て、まったく気が気でなかった。

ほかの空母は一切攻撃を受けておらず、全員がこの巨大空母に注目していたが、およそ一〇分後に消火に成功して、ようやく煙がおさまるや、制空母艦「帝龍」は、まったく何事もなかったかのようにしてすがたを現し、依然として二五ノット以上の速力で航行していた。

実際には、「帝龍」は艦橋の一部を破壊され、制動索一二本のうちの五本を断ち切られて中破にちかい損害を被っていた。が、飛行甲板や司令塔に施された装甲がものを言って戦闘行動にはまったく支障がなく、いまだ二九ノットで悠々と航行していたのである。

「おい！　五発とは、意外にもたくさんの爆弾を喰らったな……」

角田少将は苦い顔付きでそうつぶやいたが、それもそのはず。艦橋近くで炸裂した一〇〇〇ポンド爆弾は、みなにかなりの衝撃をあたえていたので、さすがの角田も肝を冷やしていた。

「こんなことなら〝一八機〟などといわず、もっと多くの零戦を（救援に）もらっておくべきでしたが、『帝龍』の飛行甲板はあまりに大きいので、相当に狙いやすいようです。……まあ、致命傷を受けず、なによりでした」

淵田中佐も苦笑いでそう応じたが、じつは「飛龍」艦上で指揮を執る山縣中将は、必要なだけの零戦を〝おしみなく救援に差し向ける！〟と申し出ていたのだが、角田は淵田の進言に従い〝一八機で充分！〟と回答していたのだった。

一八機で〝充分〟としたのは、むろん、より多くの零戦を〝攻撃に使おう……〟としたためであったが、淵田が言うように、制空母艦「帝龍」の飛行甲板は他空母などと比べて格段に大きく、急降下爆撃機にとっては〝格好の標的〟となるのにちがいなかった。

しかしそれにしても、五発もの爆弾を喰らったのにもかかわらず、この制空母艦はなおも悠々と戦闘力を維持し続けており、「帝龍」に致命傷を負わせるには、どうしても〝雷撃が必要だ〟ということが、これで実証された。

「ああ、これだけの爆弾を喰らえば、『赤城』や『加賀』ならまちがいなく大破し、悪くすれば、沈められていたにちがいない」

角田がそう返すと、淵田もこれにはしみじみとうなずいた。

板谷零戦隊をはじめとする第一次攻撃隊は角田部隊の上空へすっかり帰投しており、「帝龍」以下の三空母はまもなく、それら攻撃機の収容に取り掛かった。

ガ島攻防戦はなおも続く。

時刻は午後二時三〇分になろうとしており、空母「飛龍」「蒼龍」の艦上では第五波攻撃隊の出撃準備がすでにととのっていた。

「こちらは、『帝龍』のおかげで、爆撃を受けずに済んだが、それにしても長い一日だな……」

たしかに「帝龍」と合同していなければ、今ごろ「飛龍」と「蒼龍」は沈められていたかもしれない。山縣はそうつぶやきながら攻撃隊の発進を命じたのである。

帝龍型制空母艦「帝龍」「亢龍」「玄龍」（建造期間：2年10ヵ月～3年）

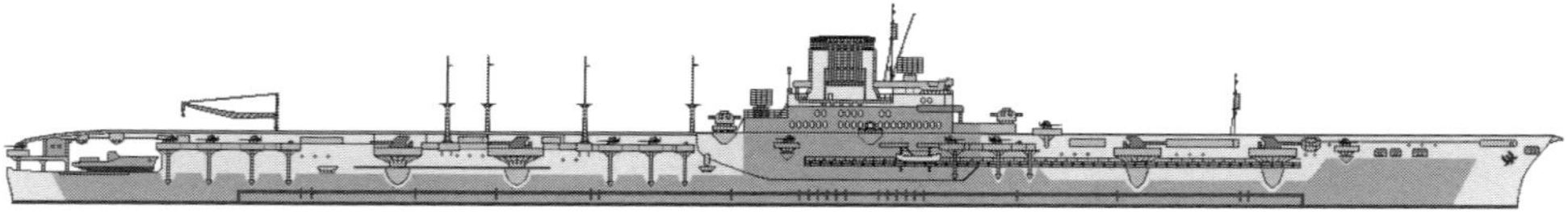

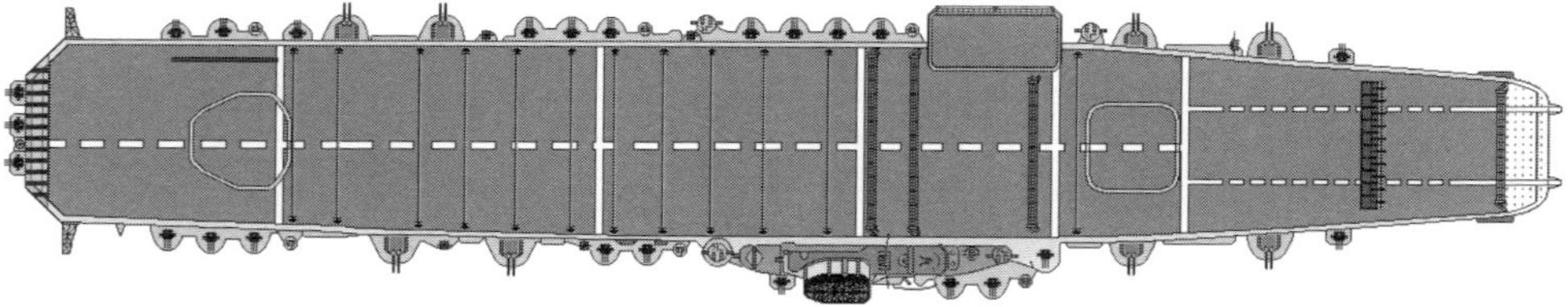

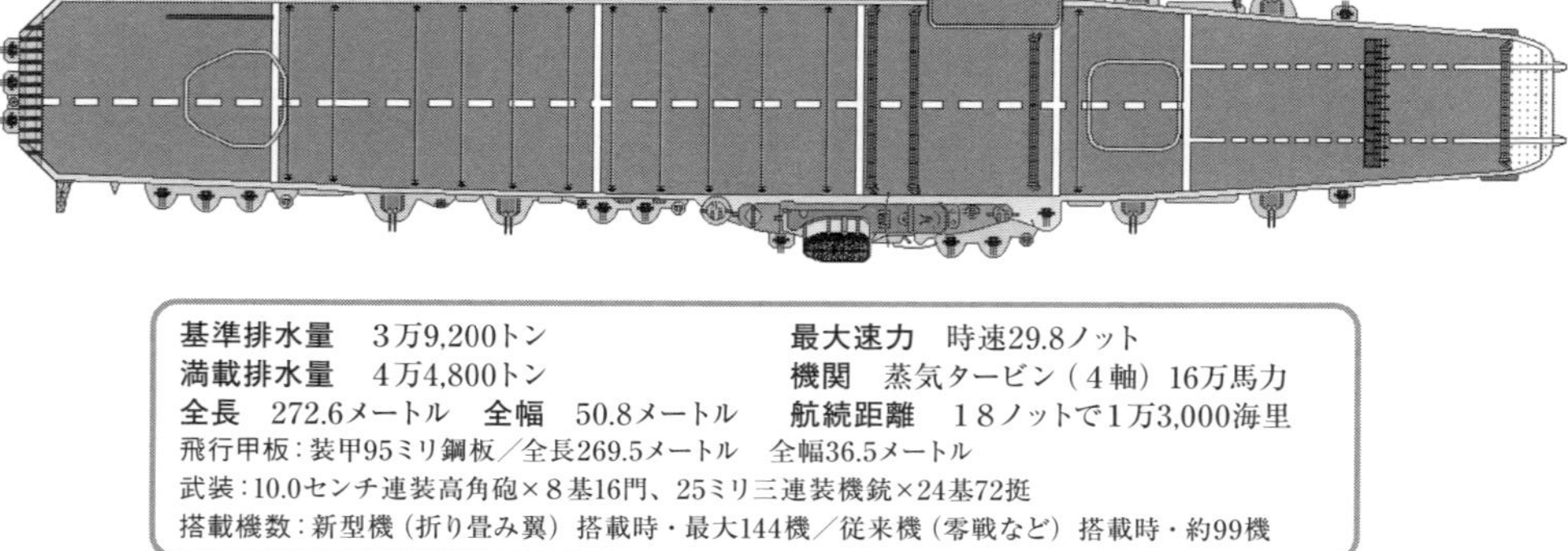

基準排水量	3万9,200トン	**最大速力**	時速29.8ノット
満載排水量	4万4,800トン	**機関**	蒸気タービン（4軸）16万馬力
全長	272.6メートル　**全幅**　50.8メートル	**航続距離**	18ノットで1万3,000海里

飛行甲板：装甲95ミリ鋼板／全長269.5メートル　全幅36.5メートル

武装：10.0センチ連装高角砲×8基16門、25ミリ三連装機銃×24基72挺

搭載機数：新型機（折り畳み翼）搭載時・最大144機／従来機（零戦など）搭載時・約99機

VICTORY NOVELS ヴィクトリー ノベルス

戦闘制空母艦「帝龍」(1)
巨大制空母艦の初陣！

2021年11月25日　初版発行

著　者　　原　俊雄
発行人　　杉原葉子
発行所　　株式会社 電波社
〒154-0002　東京都世田谷区下馬6-15-4
TEL. 03-3418-4620
FAX. 03-3421-7170
http://www.rc-tech.co.jp/
振替　　00130-8-76758

印刷・製本　三松堂株式会社

ISBN978-4-86490-212-0　C0293